JN029585

青年の思索のために

下村湖人

序文

　この本は、イエローハットの創業者鍵山秀三郎氏のご著書の中で、何度も紹介されていてその存在を知ることになりました。

　鍵山氏は、20代の頃にこの本を手に入れ、何度も何度も読みかえし、けっして飽きることなく、今も座右の書として離さないとありました。

　これは気になりますよね。さっそく取り寄せて読んでみますと、なんのことはない、私もこの本の虜になってしまい、大切な座右の書となってしまいました。

　この読後の感動を多くの方と共有したい！　と思っていたのですが、すでに絶版になっております。

　ここで諦めてしまったら、「読書のすすめ」の名が廃る！　ということで、〈ドクスメレーベル〉第二弾という形で、多くの方の想いを乗せ、ここにこうして復活の喜びを得ることになりました。〈ドクスメレーベル〉としての第一弾は、昭和53年に発売になった関大徹著「食えなんだら食うな」という本の復活でした。この本は大変な好評を得て、喜びのお便りもたくさん頂きました。

　この国の文化は、目に見えないモノを感じ取る固有の感性を持っています。

「古池や　蛙飛び込む　水の音」に代表されるような俳句や、単なる色を多くの分類にしてみせる力、虫の鳴き声に情緒を感じとる優しい心根。

これらの先祖から育まれ受け継がれた感性をけっして失くしてよいはずはありません。しかし、いまやそれが失いつつあるのが事実ではないでしょうか。

「心」のことを「脳科学」といい、「情緒」のことを「神経伝達物質」といい、「慈悲心」を「オキシトシン」などという。はたまた、人間それ自身にも「人材」という言葉に置き換えて、学歴やら年収やらと、何でもかんでも「見える化」にして、測れるモノへと一生懸命です。これで人は本当に「見える」といえるのでしょうか。そんなわけありません。

目に見えないモノでも明らかに存在しています。それが見えない、見ようとしない結果、不安と恐怖心によってしか、未来を想像できなくなっているのではないでしょうか。

この本には、見えないモノを掴み取る不思議な力を有しています。この力を体感し、納得し、合点がいくとき、新しい希望に満ちた進化の道が見えてまいります。

少し大袈裟なように聞こえてしまうかもしれませんが、私自身がそうでしたから最近よくある過大広告ではありません。

「青年の思索のために」という書名ですが、そんなことはありません。

本文にこんな一節があります。

『自分で自分を支配する力のないものにとっては、束縛が善であり、解放は悪である』

序　文

思索のない人間は、束縛が楽で嬉しいのです。それは本当に人間であるといえるのでしょうか。

解放を求める思索に、老若男女の区別に関係ありません。

今に生きる私たちは、過去の日本人の方々に恩返しする大きなチャンスだと思います。

さらなる日本人の希望の進化の道を開く礎として、この本は欠かせません。

さあ！　みなさんもこの不思議な力を持つ本書の世界へとお入りください。

「読書のすすめ」店主　清水克衛

◆目次

目　次

近畿大学付属中学校教諭　京都逆のものさし講代表　片木 真也
福岡県立太宰府特別支援学校教諭　辻 幸彦

人生随想

人生と出発

人生は不断の出発

人生は不断の出発であります。生れた時が出発であるばかりでなく、それからの刻一刻が新しい出発であります。眠る時間はそうでもなかろうという人があるかも知れませんが、それも明日を用意しつつあるという意味で、まぎれもなく出発であります。健康な眠りは健康な明日への出発を意味し、不健康な眠りは不健康な明日への出発を意味するのであります。

こうして出発は死の間際までつづきます。たえ間なくつづきます。

では、出発は死と共に終るかというと、決してそうではありません。人間にとっては、死もまた一つの出発であります。いや、人によっては、死こそ、その人にとって最も偉大な出発であるとさえいえるのであります。たとえば、ソクラテスが毒盃を仰いでたおれた瞬間のごとき、またキリストが十字架上で息をひきとった瞬間のごとき、世にも荘厳な、たとえようもないほど飛躍的な出発であり、永遠の生命への突入であったのであります。

小出発と大出発

出発には小出発と大出発とがあります。小出発というのは、一生を通じての一歩一歩、大出発というのは、一生に何度かある生命の飛躍、もしくは大転機であります。

大出発の時期と度数とは、人によって必ずしも一様ではありません。しかし、すべての人は、少くとも三度の大出発の時期を持っていると見なければなりません。その第一は出生の時であり、その第二は青年期であり、そしてその第三は死の間際であります。

出生は、いうまでもなく、すべての出発のはじまりで、考えようでは、これほどの大出発はありますまい。しかし、この時の出発には自覚がありません。自分で出発するというよりも、むしろ他の力によって出発させられるのでありまして、それこそ全くの運であります。従って、どちらを向いて出発しようと、出発者自身には全然責任がありません。責任をとろうとしても取り得ないのであります。で、このことについては、ここでとやかくいう必要もありますまい。もし何かいうことがあるとすれば、それは、よかれあしかれその運をすなおに受けとって、その後の一歩一歩の小出発で、それをよりよく生かす工夫をしなければならない、ということだけでありま す。

第三の大出発、すなわち死の間際がいかに大切なものであるかは、すでに述べたとおりでありますが、しかし、それもここでは重要な問題ではありません。というのは、死の間際の大出発はその時になってどんなにあせっても、意のままになるものではなく、実は生れてから死ぬまでの間の一歩一歩の小出発の集積によって、すでにその方向も飛躍力も決定されており、そして死んだあとでは、もう絶対に動かせないものだからであります。

われわれにとって大切なのは、何といっても、生と死との中間にある大出発、すなわち青年期における大出発でなければなりません。青年期は、出生当時の無自覚から十分に覚めきって、己を知り、他を知り、社会を知り、そして死ぬまでの自分の方向を自分できめなければならない時期であります。むろん自分自身で一切の責任を負わなければならないし、また、自分がその気になりさえすれば、どうにでも方向を向けかえることが出来ます。そして、生まれた時の大出発と死ぬ時の大出発とを、有意義にするのも無意義にするのも、たいていはこの青年期の大出発の如何によって定まるものであります。その点からいって、青年期の大出発こそ、人間一生の中軸をなすもので、出発の中の出発であるといわなければなりません。

しかし、ここに忘れてならないのは、刻刻の小出発をはなれて別に大出発があるのではない、ということであります。大出発は小出発の集積以外の何ものでもありません。小出発の一歩一歩が大出発を準備し、方向づけ、そしてその速力を決定するのであります。とりわけ青年期の一歩一歩は、それが大出発の一歩一歩であるだけに大切であり、反対にいうと、一歩一歩の影響力が大であればこそ、青年期は大出発の時期だということにもなるのであります。

心境の開拓

さて、出発は、その大小にかかわらず、それが真の意味での出発であるためには、三つの条件をそなえなければなりません。その第一は心境の開拓であり、その第二は頭脳の錬磨であり、その第三は環境への働きかけ、すなわち実践であります。この三者がくつわをならべて前進するのが真の意味での出発であり、そのうちの一つを欠いても、それは完全であるとはいえません。

心境の開拓は愛に基調を求めなければなりません。愛の純化と深化と拡大化をほかにしては、心境の進歩は考えられないのであります。たとえば、忍耐、謙譲、調和、勇気というような美徳も、それが美徳であるのは、その根底に愛の心が流れているからでありまして、もしそうでなければ、忍耐は怨恨の源になり、謙譲や調和は卑屈や妥協の別名にすぎず、勇気は粗暴とえらぶところのない悪徳であるかも知れないのであります。あらゆる美徳は、それが真に美徳たるためには、必ず愛を基調としたものでなければなりません。それはちょうど、千手観音の千の手が、慈悲の一念によって動いているのと同じでなければならないのであります。

頭脳の錬磨

頭脳の錬磨は、主として記憶と思考とによって行われます。記憶は思考の手がかりであり、思考は記憶の活用だということが出來ましょう。そのいずれを欠いても頭脳の進歩はありません。孔子は「学んで思わざれば暗く、思うて学ばざれば危し」といっていますが、これは単に道徳上のことだけでなく、頭脳錬磨のあらゆる場合にあてはまる言葉であります。

ここでお互いに考えておきたいのは、これまでしばしば非難の的になった「知育偏重」ということについてであります。私の考えるところでは、この言葉は或は記憶偏重ということの誤りではなかったかと思います。というのは、日本の教育は、これまで記憶にのみ重点をおいて思考力を養うことを怠って来た傾向があり、その意味で、知育は全体として偏重されるどころか、実はまだ極めて不徹底であったと思うからであります。科学日本の建設のためにはもとよりのこと、われわれの日常生活を合理化し民主化するためにも、知育、とりわけ思考力の養成には、もっともっと力を注がなければならないと思います。

思考力の養成に最も戒むべきはうぬぼれであります。うぬぼれはややもすると独断を生み、独断は多くの場合背理であり、せいぜい狭い範囲の真理でしかありません。このことは今更くだくだしくいうまでもなく、日本が今日の敗戦のうき目を見た原因を考えて見ただけで、明らかでありましょう。

禅語に「花紅柳緑」とあります。紅の花をそのまま紅の花と見、緑の柳をそのまま緑の柳と見るためには、色眼鏡は禁物であります。心をむなしうして事々物々に接し、気を平らかにして思いを練る、それでこそ頭脳が正しく錬磨され、真理がありのままに心に映ずるのであります。

実践力の養成

心境の開拓、頭脳の錬磨を意義あらしめるものは実践であります。実践にまで発展しない心境の開拓や頭脳の錬磨には何の意味もありません。だから、実践こそは真の意味での出発であります。しかしまた、未熟な心境と頭脳を以てしては、その実践は無価値であり、しばしば危険でさえあります。そう考えると、出発はやはり心境の開拓と頭脳の錬磨からはじまるものと見なければなりません。

しかし、人生の出発が、心境の開拓や頭脳の錬磨にはじまるか、実践にはじまるか、というようなことを考えるのは、実はあまり意味のないことであります。というのは、真によき出発をしようとする者にとっては、三者は決してべつべつのものではなく、いわば三位一体ともいうべきものでなければならないからであります。心境の向上は同時に頭脳の向上となり、実践への刺戟となります。もしそうでなければ心境が向上したとはいえません。頭脳の向上は同時に心境の向上を促し、実践のよき道しるべとなります。もしそうでなければ頭脳が向上したとはいえません。またよき実践は同時によりよき心境とよりよき頭脳とをねり上げる力になります。もしそうでなければ、それはよき実践だとはいえません。かように、三者がおたがいに因となり果となって一体的に人格を向上せしめるのが、すなわち真の意味での出発であり、そしてそれが広い意味での実践なのであります。

現代青年の輝かしい大出発

さて、個々の人間の出発は、それが社会全体の出発と正しく歩調をあわせるかぎりにおいて、いいかえると、社会の進歩と幸福とに何等かの役に立つかぎりにおいて、真の出発だといえるのであります。このことは、しかし、個性が無視されてもいいという意味ではありません。一人一人のかけがえのない個性の自主的、自律的前進が、そのまま社会全体の調和的統一的前進に寄与すること、これがあらゆる場合の人間生活の理想であり、民主主義のねらいもまたそこにあるのであります。

ところで、かように個人の出発と社会の出発との歩調を一致せしめることは容易ではありません。とりわけ社会全体が急にその歩調を早めたり、急角度にその方向を転換したりする場合には、それが一層困難になって来ます。それはちょうど電車や汽車に乗っている場合と同じで、動揺、衝突、顚倒、といったような、さまざまの混乱状態をひきおこし、時として、再起不能の重傷者をさえ見ることがあるのであります。

考えて見ると、現代日本の青年は、ちょうどそうした最も困難な時代に、人生の大出発をやらなければならない運命に出っくわしているのであります。これは青年たちにとって決して幸福なことではありません。しかしまたそれだけに、却って生きがいのある時代だともいえるのでありますます。私は現代の青年が、こうした時代の困難にたえ、いよいよその心境を深め、頭脳をねり、実践力を強め、希望にみちた大出発を試みることを願ってやまぬものであります。

最後に、私は、ある飛行家が、長距離飛行の秘訣として常に守っていたといわれる次の言葉を、青年諸君のために記しておきたいと思います。それは、

高く飛べ。
まっすぐに飛べ。
ゆっくり飛べ。

というのであります。この言葉は、おそらく、人生の大飛行に出発しようとするものにとっても、決して無用ではなかろうと信ずるのであります。

「私は深夜、或いは夜明け前に、村里を一人で巡視することにした。しかし私は彼等が夜遊びをしていようと朝寝をしていようと、一度も面と向って訓戒をしたり、叱ったりはしなかった。私はただ自分のつとめとして、せっせとまわってあるいたに過ぎないのである。

ところが、こうして寒暑をいとわず毎日つづけているうちに、一二ヵ月もたつと、私の足音をきいておどろく者、足あとを見てあやしむ者、また、たまには道で出会って、めんくらうものなどが出来て来た。そこで彼等も次第に恥じおそれ、相戒めるようになり、月日がたつにつれて、夜遊び、ばくち、けんかなどがなくなったのはむろんのこと、夫婦の間や下女下男などの間の荒荒しい言葉までが聞かれなくなって来たのである。」

翁はかように、強権を用いず、おもむろに住民の良心を呼びさまし、住民自身の伸び行く生命の力に訴えて、桜町復興の大事業に見事成功したのであります。

伸び行く生命の力のみが真の勝利を約束するというのが、要するに二宮翁の人生哲学、事業哲学であり、翁はこれを自分一箇の生活に適用すると共に、社会共同の生活の上にも適用したのであります。

人力の限界

夜襲の直前

Ｋ君は、日華事変以来、太平洋戦争にかけて、大方十年近くも戦地で苦労をなめ、終戦後無事帰還した人であります。今はもう四十歳をこしていますが、応召前から、若いに似ず、ごく落ちついた、内省的な人でした。帰還後はちょいちょい私を訪ねて来て、戦地で得たいろんな体験や感想などを話してくれましたが、その話の中には、多くの帰還者からきく話とはずいぶん質のちがった、いわば宗教的体験というような種類のものが多く、私はいつも何かしら教えられるものがありました。とりわけ私の心を打ったのは、つぎの二つの話でした。いずれも、現在の国情にてらし、多くの人々に十分かみしめてもらってもいい話ではないかと思います。

その一つは、Ｋ君の部隊が夜襲に出発することになった時の話でした。

「――夜襲の準備がすっかり整ってから、いよいよ出発するまでの間の時間ほど、みんながしいんとした気持になる時はありません。むろん、しいんとした気持といっても、それは人々によっていろいろにちがいましょう。しかし、ともかくも、みんなの心から、利害の打算とか、見栄とか、そういった邪念がなくなっていることは間違いのないことのようです。その証拠には、ふだんはあまり仲のよくなかった者同志が、そんな時には、そっと手を握りあったりするのです。つまり、死を前にして、いやが応でも真面目になり、いつもの表面的なものをかなぐり捨てないではいられなくなるのでしょう。私自身、その時の気持をあとから反省してみましても、たしかにそうだったのです。私は、その時はじめて、人間としてのほんとうの自分というものを知ることが出来たように思いました。私をそれまで動かしていた自分は、実はどうでもいい自分で、私の中には、私がそれまでまるで知らないでいた尊い自分、しかも永久に死なない自分というものがあるということに気がついたのです。その時の気持は、ちょっとどういったらいいでしょうか、何だか自分で自分を拝みたくなるような気持とでもいったらいいかと思います。——」

K君はそういって、じっと眼をとじましたが、その時の顔は今でもまざまざと私の眼に浮んで来ます。それにつけても思われるのは、現在の人心のあまりにもさわがしい浮薄な動きであります。日本は今、国全体として、夜襲の直前、といってはちょっと語弊がありますが、まかりまちがえば死を覚悟しなければならないような危機に直面しているのであります。こうした生きるか死ぬかの瀬戸ぎわになっても、国民が、めいめいの心の至深所に坐して静を守り、一切の浮薄なものを捨ててお互いに手をさしのべるような気持になり得ないとしましたら、日本は果していつの日に真に更生の喜びを味わうことが出来るのでありましょうか。私はK君の話を思いうかべながら、しみじみとそう思わないではいられません。

岩壁にしたたる水

K君のもう一つの話は、炎天下に、ある任務を負うて山路を歩いていた時の体験談でした。

「一行五名で、焼けつくような岩壁ぞいの道を、およそ五里ほども歩いたころだったでしょう。路面から一尺ほどの高さの岩の裂目から、水がほそぼそと流れおちているのが見つかりました。流れおちているというと、かなりの水量のようにきこえますが、実は、岩の表面が十センチぐらいの幅にしめっている、といった方が適当なぐらいの、貧しい水だったのです。

しかし、その時はもう、みんなの水筒がからになってから二時間以上もたっていましたので、そんな水でもとても見過ごしには出来ませんでした。最初にそれを見つけた兵は、いきなり飛びつくようにそこに走って行って、そのしめりに唇をあて、舌をぺろぺろと動かしはじめましたが、それは、まるで、赤ん坊が母の乳房をさぐりあてた時の恰好そっくりでした。ほかの兵たちもすぐそれにならいました。四名の兵たちは、それから永いこと、まるで親犬の乳房にすがるひと腹の仔犬のように、頬と頬とをくっつけあい、鼻と咽とをくッくッと鳴らしていました。

私は、一行の指揮者である手前、むりに割りこむのを遠慮して、兵たちが水をはなれるのを待ち、最後に同じようなことをやったのですが、それまで我慢するのは、ずいぶんつらいことだったのです。さて、いよいよ自分でやって見ますと、水はなかなか咽をうるおすというほどには口にはいって来ません。最初の数滴は、やっと唇をしめしただけでした。つぎの数滴も咽まで行かないうちに、舌の上でかわいてしまったような感じでした。しかし、水がそろそろ咽にしみて来た時の気持といったら、実際何といっていいか、からだ中の血が片っぱしから清まって行くような感じだったのです。

それに、ふしぎなことには、私の眼にうつるものまでが、何もかも、ただもう美しく、ゆたかで、めぐみ深いもののように見えて来るではありませんか。私は何ということなしに、涙がこぼれそうな気持にさえなって来ました。ごつごつした岩壁でさえも、私の唇と頬と両手に、まるでふっくらした母の乳房のように感じられて来ましたが、それは、水のしみ出ているあたりが苔むしていたからばかりではなかったように思います。私はぞんぶんに咽をしめしたあと、立ちあがって、深い息をしながら空を仰ぎましたが、その時の空の青さは、生れてこのかた見たことのないような、深い美しいものでした。——」

K君のこの話をきいたのは、食糧事情の最も悪かったころで、とかく心がすさみがちになっていたせいか、とりわけ強く私の胸にひびくものがありました。

日本の窮乏は、大きな立場から見て、まだまだ永くつづくでしょうが、それを克服する道が積極的な生産意欲にあることはいうまでもありません。しかし、それと同時に、窮乏の中でめぐまれた一滴の水にも感謝し、目に見るもの耳にきくもののすべてを、その感謝の念によって美しいものにして行くだけの心境を養うことも大切なことではありますまいか。

目に見えない力

さて、K君はその後仕事の関係で田舎に住むようになり、自然私をたずねてくれる機会も少くなりました。そして月日がたつにつれ、おたがいの文通も次第にまれになって来ましたが、私の方では、つい自分の仕事にかまけて、めったに同君のことを思い出すこともなく、たまに思い出しても、「あんなにおちついた気持の人だから、きっと何もかもうまくやっているだろう」ぐらいに考えて、あまり氣にもかけないでいたのでした。

ところが、ある日のこと、それは終戦後二年半、私とわかれて二年近くにもなったころのことでしたが、同君から、めずらしく一枚の葉書が来ました。それには、「近日上京、ひさびさでお目にかかり、私の近来の心境についてお教えを乞いたい」という意味のことが、簡単に記してありました。私は非常な興味をもって、その日の来るのを待っていました。

いよいよ同君がたずねて来て話したことはあらましつぎのようなことでした。

「――私は、いつか、夜襲の直前に、永久に死なないほんとうの自分というものをつかむことが出来た、というようなお話をしましたが、このごろ、それがはずかしくてならなくなりました。復員後、もうそろそろ二年半になりますが、この二年半をかえりみて見ますと、夜襲のまえにつかんだと思ったほんとうの自分は、いつの間にか消え去って、その代りに、またもとのような浮薄なものが私の心の中にのさばり出し、最近では、やはりその浮薄なものがほんとうの自分ではないか、という気になって来たのです。

それでしみじみ感じますことは、自分の力の弱さ、つまり、自分だけの力では、いくらじたばたして見たところで、自分ひとりの始末さえ出来かねるということです。夜襲前にあれほどの気持になれたのも、今から思いますと、実は私の心に戦場というものの力が働いていたからなので す。いや、戦場という異常な環境をとおして、何か目に見えない大きな力が私を真実の世界に呼びよせていたからなのです。岩壁の水に咽をしめして、しみじみと天地の美しさ、豊かさ、恵み深さを感じた時も、やはり同じだったと思います。ああした境地は、決して私自身の力だけで開けて来たものではありません。やはり烈しい咽のかわきをとおして、目に見えない大きな力が私に働きかけていたにちがいないのです。

私はこのごろ、その目に見えない大きな力の存在を信じないではいられなくなりました。そして、私自身が本来どんなに浮薄な人間であろうと、その大きな力を信じてさえおれば、かならず救われる、自分の浮薄な心をはらいおとして、真実の知慧と勇気とがめぐまれる、と、こんなふうに考えるような気になって来たのです。それを信仰といっていいかどうかはわかりません。しかし、今では、そうした気持が、ともかくも私をどうなり落ちつかせているように思われます。私のほんとうの自己建設は、おそらくこれからはじまるでしょう。

考えて見ますと、復員直後の私は、まるでうぬぼれのかたまり見たようなものでした。

いや、自己建設などといってはいけませんでした。自己滅却……いや、それもいけません。それも自力を過信する者の高慢さから出る言葉です。私はただ、祈りに祈り、拝みに拝んで、この身一つを大いなるものの御心にお任せするだけです。――」

私は、こうした話をききながら、K君が、自分で自分の力を否定しているにもかかわらず、その謙虚な心で、いかに自分の生活を清純高潔に保っているかを思わないではいられませんでした。

同時に、終戦後、国民の大多数が、人間にとって最も尊い徳の一つである謙虚の心を失い、民主主義や自由の名において、いかに浮薄な自分をのさばらせているかを思い、深い憂いを抱かないではいられなかったのであります。

努力と天啓

青年発明家の話

もう大方、十二三年もまえの話です。

私は岡山市に講演に行ったついでに、同市の場末の、ある小さな町工場をたずねました。それは、その工場の主人が、当時まだ二十七八歳の青年で、しかも、組織立った専門教育をうけた人でもないのに、すでにいろいろの発明に成功している珍しい人物だときいたからでした。

猪木伸一――それが、その青年の名でした。

私は、その日、午後の数時間を費して猪木君のいろいろの体験談をきき、非常な興味を覚えましたが、中でも、今に忘れがたいのは、同君の精米機発明の苦心談でした。この発明は、同君の二十三四歳ごろの発明で、その当時としては劃期的なものとされ、むろん特許はわけなくおりましたし、また、その頃毎年一回、明治神宮外苑の日本青年館で催されていた、青年の「一人一研究」の展覧会では、青年団の最高表彰である発明賞を授与されることになったのでした。

猪木君の話を、機械構造の細部にわたって伝えることは、その方面の知識のない私には出来ないことであり、また、今はその必要もないと思いますので、感銘の深かった要点だけを伝えることにしますが、それは大体つぎのようなことでした。――

「私が精米機の発明を思い立った動機は、これまでの精米機では、つきべりが非常に多いので、それをなるべく少くしたいというのでした。つきべりが多いのは砕米が多いからです。そして砕米が多いのは、ついて行くうちに米がまさつ熱でぼうちょうするのに、その米のはいっている筒の中の空間が固定しているからです。で、私は、その空間を米のぼうちょうにつれて広くする工夫をしたいと考えたのです。ところが、無学の悲しさに、なかなか名案が浮んで来ません。寝てもさめてもそのことばかり考えつづけていましたが、その最中に父が病気になりまして、その看護に徹夜をしたりすることになったのです――。

　ある晩のこと、父がいくらか落ちついて眠っている間に、私はちょっと、そとの空気を吸いに出ました。ちょうど雨あがりの月夜でしたが、すぐ近くに水だまりがあり、それに月がまんまるに映っている。私は深呼吸をしたり、軽い体操をしたりしながら、見るともなくその月を見ていました。すると、風のためですか、或は虫でも落ちたのですか、その水が急に波紋をえがき出し月影が二つの半円にわかれて、離れては寄り、寄っては離れするのです。私は、その時、べつだん精米機のことを考えていたわけでもなかったのですが、まあ、何といったらいいでしょう、これが昔からいう天啓（てんけい）とでもいうのでしょうか、いなづまのように精米機構造の妙案が浮かんで来たのです。その時の私のうれしさといったらありませんでした。私は思わず手をたたいて、これだッ、と叫びました。夜中に一人で水だまりの前に立って、こんな仕草をしているところを誰かに見られたら、私はきっと気が狂ったと思われたでしょう。実際その瞬間は、すまないことですが、私は父の病気のこともすっかり忘れてしまっていたのです――。

で、私のその時の思いつきですが、それは、あとで考えると、何でもないことで、実は妙案などというほど大げさなものではありませんでした。つまり、米を入れる筒の部分を、固定した一つの筒にしないで、半円筒（はんえんとう）を二つ抱き合せたものにし、米がぼうちょうするにつれて、その内部の空間が自然にひろがるようにするだけのことなのです。こんな簡単なことを、どうして考えても考えても思いつかなかったのかと、今から思うとふしぎなくらいです。しかし、もしあの時、私が月影がゆれるのを見なかったとしたら、やはり今でも思いついていないかも知れません。そう思うと、これは私の発明というよりは偶然の賜物といった方が適当です。考えようでは、父の病気が私にこの発明を完成させたといってもいいでしょう。もし私が父の看護をしていなかったら、わざわざあんな夜中に外の空気を吸いに出ることもなかったろうし、外に出なかったら、水たまりの月影を見るようなこともなかったでしょうから。私は、あとでそんなことを考えて、しみじみ自分の努力のはかなさを感じ、この世の中には、何か眼に見えない力がはたらいているような気がしてなりませんでした。」

偶然を生かすもの

以上が猪木君の話の要点ですが、この話をききながら、私の深く考えさせられたのは、いわゆる「天啓」というものと、人間の「努力」というものとの関係についてでありました。

猪木君自身では、その発明について、自分の努力のはかなさを感じ、すべての功績を天啓とか偶然とか、父の病気とかいうことに帰しようとしていますが、それは、へりくだる言葉として、また、ある「眼に見えない力」に対する敬虔の念から発した言葉として、まことに尊い言葉だといえるでありましょう。しかし、われわれのような局外者が、もし万一にもその言葉をそのままに受取って、猪木君の精米機の着想を偶然のものとし、猪木君自身の努力を過少に評価するようなことがありましたら、それはとんでもない誤りだといわなければなりません。

なるほど、猪木君が外気を吸うために戸外に出たちょうどその時に、水だまりの月影がゆらめいたということは、偶然といえば全く偶然にちがいありません。しかし、その偶然を即座にとらえ、それを発明のために生かしたのは、猪木君自身の永い間の努力の賜物であります。もし猪木君が、ふだん精米機について何の関心も持たず、従ってその発明のために何の努力も払っていなかったとしたら、水だまりの月影は、単に眼にうつる景色以上の意味をもつものではなく、それが二つにわれてゆらめいたからといって、猪木君の心にとくべつな刺戟を与える原因にはならなかったはずであります。猪木君にとってそれが天啓と感じられたのは、天啓と感ずるだけのふだんの用意が猪木君にあったからで、ほかの人なら、おそらくそれを偶然とさえ感ずることが出来なかったのではありますまいか。

もともと人生のことは、考えようでは、すべてが偶然の連続といってもいいのでありまして、われわれの周囲には、数かぎりない偶然が、常に潮のように動き流れており、われわれはその潮の中を泳ぎわたっているようなものであります。そして、それらの偶然をたくみにとらえ、自分の目的のために利用するものにとっては、それらのあるものは「絶好の機会」となり、またあるものは「天啓」となって、たえざる向上飛躍の原動力として役立つのでありますが、それに気がつかなかったり、気がついてもぼんやり見過ごしたりするものにとっては、それらはもはや偶然とさえ感じられないでありましょう。偶然を偶然と感ずるのは、われわれがすでにある程度その偶然をとらえ得た時なのであります。

蜘蛛の網

では、偶然をとらえ、それを絶好の機会とし、或は天啓として生かすためには何が必要でありましょうか。それはいうまでもなく不断の用意であり、努力であります。ある哲学者は、蜘蛛という動物は、蟻や蜜蜂にくらべると非常な怠けもので、いつでも自分の巣のまん中に大あぐらをかき、偶然にとびこんで来る虫だけを食って生きている、といってそしったそうですが、考えて見ると、その怠けものの蜘蛛でさえ実は網を張るだけの用意と努力とがあってこそ、偶然にとびこんで来る虫をとらえることが出來ているのであります。何の用意も努力もなしには、偶然の虫がたとえ何億とんで来ようと、蜘蛛はその中の一匹もとらえることが出来ないでありましょう。われわれは、ただ偶然を待って、網を張らない蜘蛛になってしまってはならないと思います。

より多くの偶然をとらえるためには、むろん、より多くの用意と努力とを積まなければなりません。これを蜘蛛の場合でいいますと、その張りめぐらす網が大きければ大きいほど、またその網の目が密であればあるほど、それにひっかかる偶然の虫が多くなるわけであります。そして、もし蜘蛛が、どんな虫でもくぐりぬけることの出來ないほど目のこまかい網を、宇宙すみずみまで張りめぐらすことが出来るとしましたら、宇宙間のすべての虫を、のこらずその網の中にとらえることが出来るでありましょうし、そうなると、虫が蜘蛛の網にとびこむのは、もはや一つとして偶然ではなく、すべてが必然だということになって来るのであります。

人生の営みとは、要するに、われわれの身辺に間断なく流れているさまざまの偶然を出来るだけ多くとらえること、いいかえると、偶然を偶然のままに放置しないで、片っぱしから必然に変えて行くことであります。

釈迦は明星の光を仰いで悟りをひらいたといわれています。ニュートンは林檎の落ちるのを見て引力の法則を発見したといわれています。いずれも偶然といえば偶然であります。しかし、ふだんの努力を積んで、十分に機が熟していた二人にとっては、それは偶然ではなくて必然であったのであります。猪木君の場合もまた同様であります。猪木君が「自分の努力のはかなさを感ずる」といった言葉は、あくまでも謙遜の言葉としてのみ受取らるべきでありましょう。

理想と実践目標

理想は高く

どんな人間にとっても望ましいことは、出来るだけ早い機会に、自分の一生の理想なり目的なりをはっきりきめて、その理想や目的に向って、四六時中努力を集中することであります。

理想や目的をきめるには、むろん、まず第一に、自分の能力の限界を見きわめなければなりませんし、第二に、自分をとりかこんでいるいろいろの事情、とりわけ家族その他の人間的なつながりを考慮に入れなければなりません。しかし、能力はきたえればきたえるほど伸びるものであり、周囲の事情も、誠意と努力次第では、望みの方向に打開できないとはかぎらないのでありますから、現在の能力や事情だけにとらわれて、理想や目的があまりにひかえ目になるのも考えものであります。

また、昔から「棒ほど願って針ほどかなう」ということわざもあるぐらいで、理想や目的は、なかなか思いどおりに達せられるものではありません。ですから、きちがいじみた笑うべき空想にならないかぎり、人間はある程度の夢をもつべきであります。自分の現在の能力や周囲の諸事情をある程度のりこえて、理想や目的を出来るだけ大きく、且つ高く定めることは、決してわるいことではありません。いやそれでこそ、個人としても社会としても、その進歩発展に大きな飛躍があるわけであります。

ところで、人生の夢というものは、かように一方では人間進歩の動力となるものでありますが、他方では、どうかすると、かえって人間の生命を萎縮させ、しばしば人を絶望の深淵につきおとすことがあるものであります。夢をえがいて実現が出来ず、その結果、人生を悲観して自殺したというような例は、決して少くはありません。

むろん、こうした自殺者の中には、自分の能力や、周囲の事情をあまりにも無視した夢をえがき、しかもそれにふさわしい努力をはらわなかったというような人が多いでありましょう。しかし、中には、本来健康で正しい夢、むしろそれぐらいの夢がなくては人間とはいえないと思われるほど、健康で正しい夢をえがいていながら、そしてその夢の実現のためには、その人としては根かぎりの努力をはらっていながら、かえって悲劇的な結果を招いたという場合もないとはいえないのであります。

では、どうしてそういう結果になるのか。それにはむろん社会の罪ということもありましょう。しかし、決してそれがすべてではありません。それがすべてだとすると、人間の夢そのもの、努力そのものが、その大半の意義を失ってしまいます。夢も努力も社会の現実と戦い、その荒波をのりこえ、更に進んで社会そのものを理想化するところにこそ、その意義があるのでありますから、もしもすべての罪を社会に帰してしまえば、もともと何のために夢をえがいたのか、何のために努力をはらったのか、わけがわからなくなるのであります。

で、社会の罪を一応みとめるとしましても、それをみとめればみとめるほど、われわれとしては、そうした社会に負けないだけの工夫をしなければなりません。その工夫も出来ないとすれば、そしてそれが出来ないのもやはり社会の罪だといってしまえば、もうそれまでのことでありまして、それなら、はじめから夢などえがかない方がいいのであります。

実践目標は小刻みに

さて、それでは、自分の夢の責任を自分で負うのには、なにが必要でありましょうか。それは数えあげるとかぎりがありません。健康、知識、判断力、実践力、持久力というようなことから、愛情とか、宗教心とかいうようなことにいたるまで、およそ人間の徳目という徳目のすべてがその中にふくまれるでありましょう。今は、しかし、そういうことについて一々のべるつもりはありません。私は、ここでは、私自身のまずしい体験の一つだけをのべ、それに簡単な感想をつけ加えて読者のご参考に供したいと思います。

その体験というのはこうです。

まだ私が二十代のころのことでした。元来私は運動競技などにはほとんど縁のない人間ですが、あとにも先にもたった一度、団体マラソン競走というのに加わったことがありました。団体マラソン競走というのは、いくつかの団体でマラソンの競走をやるのですが、その採点法は、参加者全員の中での第一着を十点とし、以下時間を三十秒とか一分とかに切って、九点、八点、というエ合に点数をへらして行き、ある時間以上たつと、あとは零点ということにして、各団体ごとに団員の点数の総計を出し、それで順位をきめるという仕組みになっていました。走路は約一万メートル、ある学校の校庭を出て校庭に帰って来るのでしたが、その大部分が平坦な国道で、途中にいくつかの橋があり、そこがいくぶん坂になっていました。私には、むろん優秀な点をとる自信はありませんでした。それどころか、私の脚力を知っている一友人に、

「どうせ君は零点にきまっている。はじめからゆっくりあるいて行く方が利巧だよ。」などとひやかされて、ほんとうにそうかも知れない、と思ったぐらいだったのです。

しかし、また一方では、そうしたひやかしに反ぱつする気持もありました。それが私に一つの野心をおこさせました。野心といってもまことにちっぽけな野心でしたが、それはこうでした。

「断じて三点以上をとって見せる。そのためには、どんなに苦しくても最後まで走りつづけよう。これまでの例で見ると、忠実に最後まで走りつづけた人で三点以下だった人はないのだ。」

これはその時の私としては、決して大きすぎる野心でもなく、また小さすぎる野心でもない、と考えたものでした。

さて、こうして、いよいよスタートを切りましたが、最初の二千メートルほどは、私はほとんど最後尾に近いところを走っていました。つぎの二千メートルでは、かなりの人数をおいぬきました。そして更につぎの二千メートルでは、だいたい全員の中ほどぐらいを走っているように思いました。ところで、そのころになると、私もしだいにつかれて来て、息はせまるし、足は重くなるし、小さな石ころにもつまずいてころびそうな気がするのです。

「まだやっと半分じゃないか、今からこんなことで、どうなるんだ。」

そう自分で自分をはげまして見ても、どうにもなりません。それに、何よりも私の気をいら立たせたのは、これまでに私が追いぬいて来た人たちが、二人、三人と今度はあべこべに私を追いぬいて行くことでした。自分では同じ速度で走っているつもりでも、これではよほどにぶっているのだな、と思うと、あと四千メートルあまりの走路が不安になり、やっぱりだめかなという気がしてきました。そして橋のたもとに近づいて少し上り坂になったりすると、ついそこでへたばってしまいたくなったことも何度かあったのです。

それでも、どうなりがんばりつづけて、あと二千メートルぐらいの地点に来ました。しかし、もうそのころになると、腰から下の感覚が、まるでかたまりかけた蠟のようににぶり、頭までがもうろうとなって来ました。そしてそのもうろうとなった頭の中で、私は私自身にこんなふうにこびていました。

「マラソンぐらいで意地をはって、それに何の意味があるんだ。からだでもこわしたら、ばかを見るだけじゃないか。」

しかし、すぐよしてしまうのは、やはり惜しいような気がして、意志の力でというよりは、むしろ惰勢(だせい)で走りつづけていました。そのうちに、ふと眼にうつったのは一本の大きな立木でした。それは三百メートルほどさきの路ばたに立っていたのです。私はすぐ思いました。

「あの立木までなら大丈夫がんばれる。あれまでがんばって見て、どうしてもいけなかったら、それでよすことにしよう」

走って見ると、どうなり走れました。すると欲が出て、更にそのつぎの目標を見つける気になりました。今度の目標は電柱でした。これにも成功しました。そのあと、電柱から電柱へと、つぎつぎに目標をうつし、やはりつぎつぎに成功しました。

むろん、肉体のつかれがそれによって少しでも減じたわけではありません。つかれは、一歩一歩とまして行くのが自分にもはっきり感じられたのです。しかし目標を小刻みにしたために、少くとも前途の不安からは救われていました。前途の遠いのに気をくさらして、絶望感におち入ることだけは、それでまぬがれたわけなのです。

こうして、とうとう決勝線に入りました。点数は四点、自分で願っていた以上の成績でした。

以上が私のまずしい体験ですが、これは、私のその後の生活にとって決して無意味なことではありませんでした。

私は、何か少し大きい、困難な、そして永い時間を要すると思われるような仕事にとりかかるごとに、よくこの体験を思いおこしました。とりわけ、私には、つまらぬながらも、生涯をかけて成しとげたいと思っているある仕事があり、それがこの年になってまだ六分どおりしか出来あがっていませんので、その仕事と取りくんで前途の遠いのを思う時、いつも私の頭にうかんで来るのが、この体験なのです。

この体験がわれわれに教えることは、いうまでもなく、目標を小刻みにすることです。目標を小刻みにするということは、決して遠い目標から眼をそらすことではありません。遠い目標に眼を注げばこそ、小刻みの目標を見出す必要があるのです。

およそ一生の理想とか目的とかいうものは、それが高ければ高いほど、その達成が困難であり、従って人間を精神的に疲労せしめ、前にも申しましたとおり、しばしば絶望の深淵にさえ導くものであります。しかし、そうした場合、小刻みに目標を定めると、それで小さな希望がわき、少くともそこまでは前進することが出来るものであります。そして、前進しただけはその人の成功であり、成功はやがてつぎの希望を刺戟して、ついには最後の目標に達することが出来るでありましょうし、かりに達し得ないとしても、その人の一生は希望から希望へとつらなり、いわゆるたおれて後やむの一生であって、人間として決して恥かしくない最期をとげることが出来るのであります。

「理想は高く、しかし実践目標は小刻みに。」――これが要するに私のいいたい要点であります。

そろばん哲学

甲野さんは、今は世にない人ですが、七十歳ちかくまで、ある会社の会計主任をつとめ、そろばんをはじくことにかけては天下一品だとうたわれた人でした。

ところで、甲野さんは、その上手なそろばんを、金の勘定だけに役立てていたのではありません。甲野さん自身にいわせると、世の中のことは、万事そろばんにあてはめて考えて行けば、まちがいはない、というのであります。

こういうと、甲野さんはいかにも勘定高い、金銭万能の現実主義者のようにきこえるかも知れませんが、実は決してそうではありません。それどころか、甲野さんほど自分の利害を忘れて公共のためにつくし、物質欲をはなれて精神的に生きた人も、実際少いのであります。しかも、それがそろばんをはじいている間に体得した人生哲学のたまものだというのですから、非常に面白いのです。

では、甲野さんのそろばんから生れた人生哲学というのは、いったいどういうことかといいますと、それは原理としては極めて簡単明瞭であります。甲野さんは、いつもこういっていました。

「引き算と割り算は、数の勘定に役に立つだけでもうたくさんです。人間と人間との関係に引き算や割り算があってはなりません。人生の営みは、すべて足し算と掛け算で行きたいものです。」

甲野さんはまたよくいいました。

「自分が大将にならなければ気のすまない人、他人を批評してけちをつけたがる人、そねみ深い人、一言居士、——およそそうした人たちは、自分では人一倍世の中の役に立つという自信をもっている人ですが、実は、白痴やなまけ者以上に世の中の害になるものです。というのは、白痴やなまけ者は、せいぜい人生の引き算をやる程度ですが、こういう人は、大いばりで割り算をやるからです。何といっても、割り算ほど人生にとっておそろしいものはありません。割り算では、その人に一の力しかない場合には、まあ無事ですみますが、それが二になると、もう世の中を真二つに割る力がありますからね。」

こんなふうで、甲野さんは、町内でも、勤め先の会社でも、人を立てることを忘れませんでした。何か仕事の上で自分に名案がうかんでも、それはその方の係なり上役なりに、そっと陰で献策して、自分は何も知らないような顔をしているのです。他人の意見を批評したり、その仕事にけちをつけたりすることは、むろん絶対にやりませんでした。つつましく、謙遜に犬馬の労をとるというのが、甲野さんの処世方針で、それを甲野さんは「足し算と掛け算」の人生と呼んでいたのです。

面白いことには、甲野さんがそれほど出しゃばりをきらい、いつも、かげへかげへとまわっているにもかかわらず、町内でも、勤め先でも、甲野さんの考えがそのまま通らなかったためしはめったになかったのです。そしてそんな場合に、もし甲野さんに向って、「やっぱり貴方のお考えどおりになりましたね」などといいますと、甲野さんはすぐ手をふってこたえたものです。

「何？　私の考え通りになりましたって？　それはおかしいですな。私が一人で考えたことが通るわけはありませんよ。あれはみなさんのお考えだったんじゃありませんか。」

甲野さんが、能率（のうりつ）のあがらない人を指導して、能率をあげさせる手ぎわというものは、全く驚異的でした。のろまな女中さんでも、勤め先のなまけ者でも、甲野さんの手にかかると、いつのまにか一人前以上になってしまったのです。このことについて、甲野さんは、いろんな人によくその秘術をたずねられたものですが、そんな場合の甲野さんの答えはきまっていました。それは、

「一に一を足すと二になり、二に二をかけると四になり、野菜に肥料をかけると伸びがよく、火に油をそそぐと燃えがよくなります。要するに、引き算や割り算をやらないで、足し算と掛け算で行くことですよ。」

というのであります。

そうした考えからでしょうか、甲野さんは、どんなに能率のあがらない人であろうと、その人を他人のまえで一度も叱ったことがなく、何か仕事の一段落（いちだんらく）がつくと、いつも「ご苦労さま」とお礼をいい、かりにその仕事に意に満たないことがあっても、一応はほめてやり、あとでこっそり「惜しいことをしましたなあ」といったぐあいに注意をしてやるのでした。

甲野さんの人生の理想は、むろん足し算よりも掛け算の方でした。足し算では二と三とでは五にしかなりませんが、掛け算では六になるからであることはいうまでもありません。

これについて甲野さんはいいました。

「足し算の人生では、甲の人の力と乙の人の力とがそのまま集まるだけで、お互にちっともその力を強めあうことがありません。ところが掛け算の人生になると、甲の人の力は乙の人の中に、乙の人の力は甲の人の中に溶けこんで、おたがいに力を強めあうのです。つまり自分を忘れ、他を生かそうとするところに、二と三が五にならないで六になる、掛け算の秘密があるのです。人生の理想は創造にあると思いますが、二と三が集って五になっただけでは、創造とはいえません。二と三が六になってこそ創造といえるのです。そしてそれには、お互いに自分を忘れて他を生かす、掛け算の人生を送ることが大切です。」

ところで、甲野さんは、掛け算の人生を礼讃するにあたって、その掛け算に作用する二つのおそろしい力があることを忘れてはいませんでした。二つのおそろしい力というのは「一」と「零」です。甲野さんはいいました。

「掛け算の人生において一に相当するのは孤立主義者です。一を何億かけ合わせても一であるように、孤立主義が何億出っくわそうと、そこにあらわれる人生は孤独の人生です。おたがいに一の役割はしたくないものだと思います。一層わるいのは零の役割でしょう。どんな大きな数でも、それに零をかけると零になってしまいますからね。零というのはつまり人生の裏切者です。」

そこで甲野さんは、掛け算の人生においては、誰もが少くとも二以上の力をもたなければならないということを、しきりに主張しました。では、二以上の力というのは何かといいますと、それについては、甲野さんはこういっています。

「それは何も一人前以上の体力とか、智力を指すのではありません。かりに体力や智力は一人前でなくとも、心に愛があればそれで二以上の力が出るものです。なぜなら、愛というのは、自分だけのことでなく、かならず二人以上の人間のことを考える力なのですから。」

この言葉でわかりますように、甲野さんの掛け算の人生というのは、つまるところ愛の人生なのです。そろばんの体験から生れた人生哲学だけに、そろばんにちなんで、いろいろとややこしいことを言い、論理的にはちょっと変なところもないではありませんが、帰着するところは、愛によって人と人とが結びあわなければならないというのであります。

ところで、甲野さんのこの愛の人生は単に人と人との間だけに限られたことではありませんでした。甲野さんはこういっています。

「掛け算の人生は、人と人との間に生かされるだけでなく、人と物との間にも生かされなければなりません。いったい、物の力は、人の力によって生かされも殺されもするものですが、たいていの人は物の力を精一ぱいに生かすことが出来ないでいるようです。

つまり、物の力に対して、人の力が引き算や割り算をやっている場合が多いのです。これはくわしく説明しなくても、お互いの水の使い方一つを考えただけでもわかるでしょう。かなりむだ使いが多いではありませんか。むろん、中には、ずいぶん物を大切にし、注意深い使い方をしておいでの方もありましょう。しかし、そういう方でも、たいていは足し算程度で、まだ掛け算にはなっていないように私には思われます。

ここに私が足し算程度というのは、物をあくまでも物と見て、その経済的利用価値だけを考えての使い方です。それでは、物はまだ決して精一ぱいに生かされたとはいえないと思います。物を精一ぱいに生かすためには、物を愛さなければなりません。物を物と見、その経済的利用価値だけを考えてそれに対するのでなく、物の中に生命を認め、愛情をもってそれを抱く心、それが大切です。そこまで行くと、物はも早や単なる物でなく、詩ともなり、宗教ともなるのです。そして、そうなってこそ物が精一ぱいに生かされたといえるのです。

私の考えるところでは、この宇宙間のあらゆる物は、人間がその気になりさえすれば、かならずそこまで生かされるものだと思いますが、残念なことには、愛が足りません。愛が足りないから、足し算までは出来ても、掛け算が出来ないのです。つまり物を経済的に利用することは出来ても、それ以上に生かすことが出来ないのです。

そして、このことがやがて人と人との関係にはねかえって来て、見苦しい物の争奪戦ということになって来るわけです。掛け算の人生が、人と人との間だけでなく、物と人との間にも生かされなければならない――という理由は、ここにあるのです。」

甲野さんのそろばん哲学は、ここまで来ると、もう一種の宗教ともいえるのですが、それを説く甲野さんは、いつも古びた洋服を着、使いふるした小さいそろばんを、愛児の頭でもなでるように、眼を小さくしてなでているのでした。

甲野さんがこの世を去ってすでに十数年になりますが、私は、甲野さんとその小さなそろばんとの間に結ばれた掛け算生活の功徳(くどく)を、今更のように思い出さずにはいられません。

自らを責める

贖罪貯金

電話の交換手というと、とかく不親切の代表見たようにいわれがちですが、なるほど、そういわれても致し方ないと思われるような交換手も、決してすくなくはありません。しかし、罪は交換手だけにあるのではなく、電話をかけるがわでも、大いに反省しなければならない点があるのではないかと思います。

これはもう十年も前にきいた話で、群馬県内のある電話交換手とだけしか記憶していませんが、その交換手が、今の金に直せば千円ぐらいにも当りましょうか、当時の一銭銅貨四百五十枚、都合四円五十銭という金を局長のところに持って来て、何か適当な公共事業に寄附してもらいたいと申し出ました。局長は、一交換手でそれだけの金の寄附を申し出ることが第一ふしぎな上に、その金が一銭銅貨ばかりなので、いよいよふしぎに思い、くわしく事情を問いただして見ました。すると、そのいわれはこうだったのです。

交換手としてはふだん親切第一をモットーにして働いてはいるが、加入者の中にはいばり屋も居れば、短気者も居り、またしばしば酔払いも居る。そうした人たちに、あまり無茶なことをいわれると、わるいとは知りつつ、ついこちらも乱暴な言葉を使うようになる。これではならぬと思ってもそれがなかなか直らない。いつも後悔することばかりである。で、いろいろ考えたあげく、交換台のそばに一つの貯金箱をおいて、自分が乱暴な言葉づかいをしたと気がつくたびごとに、一銭銅貨を一枚ずつそれに投げこむことにした。それをはじめてから、もうかれこれ一年になるが、やっとこのごろになって、相手にどんな乱暴なことをいわれても腹が立たなくなった。そこでもう大丈夫だと思って、その貯金箱をあけて見ると、恥ずかしながら、四百五十枚の銅貨がたまっていた。この四百五十枚は、自分の罪の記録だから、それを再び自分のものにはしたくない。ざんげをして罪を洗い流す意味で、何か適当な事業に寄附したい、というのであります。

一年間に四百五十回腹を立てたとすると、毎日平均一回以上腹を立てたことになります。そんなにしばしば腹を立てたのかとおどろいてはなりません。わたくしは、むしろ、それほど見事な心がけをもっていた交換手に、それほどしばしば腹を立てさせた一般社会の人々に文句がいいたいのです。

もし一般社会の人々に、この交換手の爪のあかでもせんじて飲むほどの心構えがあり、反省心があったら、単に電話交換の仕事がなめらかに運ぶだけでなく、世の中全体がどんなにほがらかになって行くことでしょう。

今更いうまでもなく、すべての言動の責任は、どんな事情の下においても、その言動者自身が負うべきものであります。これは人間が人間として生きるために忘れてならない原則でありまして、この原則は、人間自由の原則と表裏一体をなすものであります。そしてこの原則に従って生きようとするところに、人間の苦悩もありますが、また同時に光栄もあるわけであります。

したがって、電話の交換手が、腹を立てた責任をすべて自分に帰しようとした態度は、人間として当然な態度であるといわなければなりません。

しかし、それだからといって、他の人は一切それに責任を負わなくてもいいかというと、それは全く別問題であります。腹を立てたという責任を腹を立てた本人が負うからといって、腹を立てさせた人の責任がそれで解除される、という道理はありません。人に腹を立てさせるというのも一つの言動であるからには、その言動の責任は、当然その言動者自身が負うべきものであります。

およそ人間の言動というものは、何等かの意味で必ず社会性をもつものであり、甲の人の言動は乙の人の言動とからみあって、おたがいに生かしあったり、殺しあったりしているものであります。そして、この生かしあい殺しあいは、一面道理を通じて、他面感情を通じて行われるものであります。道理にかなった言動が生かしあいに役立つのはいうまでもありませんが、しかしそれだけでは十分でありません。なごやかな感情を伴わない道理の主張は、それがどんなに正しくとも、しばしば他人の言動を殺す結果になるものであります。

正しい主張をするためには、他人の感情などかまっていられない、という場合も、全くないではありませんが、しかしそれは決して最上の道ではありません。理想は、何といっても、道理と感情の両面から相手に訴え、相手を動かすことでなければなりません。

救われた母子

何よりもおそろしいのは我執のために感情があらあらしくなるだけでなく、判断力までがくらまされて、自分はいつも正しく、相手はいつも不正であるかのように考えがちになることです。電話の交換がうまく行かないというのも、たいていはそこいらに原因があるようですし、また、大きいところでは政党の内紛、諸官庁、諸会社の縄張り争い、責任のなすりあい、小さいところでは家庭争議といったようなことにいたるまで、たいていは我執のために感情も理性もくらまされてしまった結果であるように、私には思われてなりません。

それについて思いおこすのは、あるなさぬ仲の母子のことです。

私の郷里に北野（仮名）という中学三年の少年がいました。この少年は学校はじまって以来の秀才だといわれたほど頭のいい少年でしたが、おしいことには性質が陰気でねじけたところがありました。それは主として継母との間がうまく行かなかったからでした。継母にいわせると、「自分は心から愛してやりたいと思っているが、ちっともよりついて来ない。」というし、北野少年にいわせると、「母さんはいつも自分をうたぐってばかりいるので、うっかり口もきけない。」という。こんなふうで、二人の間は、いよいよ悪化する一方だったのです。

ある日のこと、北野少年は学校から帰って来ると、人目をはばかるようにして二階にあがって行きました。そしてそこにすえてあったたんすの引出しに手をかけようとしていますと、階段に継母の足音がきこえました。北野少年は、その音をきくと、なぜか大あわてで窓からひさしの方にとび出しました。そして、ひさしをつたって逃げているうちに、どうしたはずみか、足をふみはずして、庭に地ひびきを立ててころげ落ちたのです。

窓から顔を出して眼を光らしていた継母も、それにはさすがにびっくりしたらしく、ころがるように階段をおり、はだしのまま庭にとび出しました。そして北野少年を抱きかかえると、そのまま一目散に医者の家にかけつけました。中学三年の少年ですから、ずいぶん重かったことと思いますが、継母はまるで夢中だったのです。

けがは左ひじをくじいた程度で、生命には別条なかったのですが、それでも、全治までには一カ月以上もかかりました。その間、継母の看護ぶりは、それまでの二人の仲を知っているものには、全く奇蹟だと思われるくらい、真実のこもったものでありました。しかも、この奇蹟は単に看護期間中だけのものではありませんでした。二人の仲は、この事件を契機として、見ちがえるほど美しいものに変っていたのです。

では、この奇蹟を生み出した秘密は果して何だったでしょう。それは、この二人がその後北野少年の受持の先生に述懐した言葉によって、ほぼうかがい知ることが出来るように思います。

北野少年はいいました。——

「僕は、あの日、学用品を買う金がほしかったのです。しかし正直にそういって母にもらうのがいやだったので、ぬすむ決心をしました。ぬすむのは無論わるいことだとは知っていましたが、それも疑いぶかい母のせいだという気がして、大して良心にはとがめませんでした。わかりさえしなければ、それでいいという気持だったのです。

ところが、ひさしから落ちたとたんに、僕の気持はすっかり変っていました。とうとう天罰が来た、とひとりでにそう思ったのです。僕はもう、母をうらむどころではありませんでした。一ときも早く起きあがって母にあやまらなければならない、という気で一ぱいだったのです。しかし、僕が起きあがる前に、母の手がもう僕を抱きあげていました。その時に見た母の眼のやさしさは、今に忘れられません。」

継母はいいました。――

「あたしは、あの子が二階にあがって行く様子が、何だかおかしいので、すぐ、あとをつけたのでした。そして、ひさしの方に逃げ出したのを見ると、いよいよあやしくなり、あくまでもおいつめて問いただして見る気になっていたのです。ところが、あの子が足をふみはずしたのを見て、はっとした瞬間、あたしはもうあの子をとがめるどころか、あたし自身を責めていたのです。あたしの愛が足りなかったために、とうとうこんなことになってしまった。すまない、すまない。そんな気で一ぱいだったのです。

で、大いそぎで庭にとびおりて見ると、あの子は、今までに見たことのない、あわれみを乞うような眼をして、あたしの顔を見ているではありませんか。あたしは、ただもう涙が出て仕方がありませんでした。」

つまり二人は、この不幸な事件を契機として、他を責める前に自らを責める心境に変っていたのです。

北野少年は、現在ではもう堂々たる紳士になって居り、九州のある地方で一会社を経営しています。私とは同郷の関係で、家庭の事情などもよく知りあった仲なので、おりおり心の底をうちあけた手紙をくれることがありますが、最近の手紙にこんなことが書いてありました。

「ご存じの通り、天はかつて私の腕の骨をくじくことによって、私の良心と、母の愛情とを同時に取りもどしてくれました。考えて見ると、私の一生の運命はあの時にひらかれたようなものです。

私はすでに五十歳、母は六十九歳ですが、共に極めて幸福です。今でもおりおりあの当時のことを二人で語りあって、しんみりすることがありますが、はたで聞いている家内はもとより、子供たちまでが、この話にだけは無条件に頭をさげるようです。

骨をくじくまで人生の大事に気がつかないでいた私の少年時代の愚かさについては、幸いにして誰一人責める者がありません。呵々。」

進む心と退く心

張詠の言葉

「進むがよいか、退くがよいか。」

処世の態度について、もしこうたずねられたら、誰しも言下に「進むがよい」と答えるでありましょう。原則的には、たしかに進むがよいにきまっています。いや、進むがよいというよりは、本来人生には退路というものはないのですから、進むよりほかに方法がありませんし、退くことは同時に転落破滅を意味するものだと覚悟すべきであります。

しかし進むには進み方があります。進み方次第では、形の上では大いに進んでいるように見えても、その実かえって退いていることがあり、その反対に、一見いかにも退いているように見えて、実は大いに進んでいる場合もあるのであります。

中国の宋の時代の賢臣に張詠という人がおりましたが、その人はこういう意味のことをいっています。

「役人を採用するなら、退くことの好きな人を採用するがいい。退くことの好きな人は心がきれいで恥を知っているから誠心誠意で働き、決して任務を汚さない。人におくれまいとして競馬馬のように狂奔する人は採用してならない人物だ。こんな人は正道をまげて上に仕え、へつらいこび、周囲に目立つことを求める。そして一旦採用されると、必ず才にほこり、利を好み、同僚全部に弊害を及ぼすことになるものである。」

これは役人の場合のことをいったのでありますが、しかし、決してそれだけに限られたことではありません。家庭、隣保、会社、諸団体、等々、いやしくも人間が幾人か集って生活するところでは、退くことのすきな人ほど、かえって共同の仕事の推進力となり、進むことのすきな人ほど、かえってそのじゃまになるということが、よくあるものであります。

さあ、そうなると、ただ「進むがよい」とか「退くのはわるい」とかいっただけでは、わけがわからなくなります。そこで、何がほんとうに進むことであり、何がほんとうに退くことであるかを、お互いによく考えて見なければなりません。

元来、進むとか退くとかいうのは、形の問題としてでなく、心の問題として考えられなければならないのであります。心の問題というのは、自分一個のために生きるか、公共のために生きるかという問題であります。つまり、公共のために自分を生かすのが、ほんとうの意味で進むことであり、その反対に自分の立身出世のことばかり考えるのが退くことなのであります。

石井十次の言葉

公共のために生きるには先ず第一に謙遜でなくてはなりません。謙遜な人はよく人に功をゆずります。そういう人は形の上ではいつも退いてばかりいるように見えますが、その実、共同社会の全体をおし進めている人でありますから、ほんとうの意味で進んでいる人であります。岡山の

孤児院の創立者として有名だった石井十次さんは、

「己の善をなさんがために人をそこなうことなかれ。」

という言葉を一生の守りとしていたそうですが、この言葉は実に深い意味をもっているように思われます。善いことは誰しもしたい、だから競うて善いことをする、みんなが善いことをする世の中は、きっと善い世の中にちがいない。――ちょっとそう考えられますが、その善いことというのが「己の善」であっては、決して世の中はよくなりません。「己の善」というのは自己満足の善であります。善いことをしたと自分が得意になりたいために行う善であります。どうかすると人を押しのけて自分だけの功名手柄にしたくなるような善であります。そういう善は、一方では世のため人のためになっているようでも、他の一方では、人を傷け世を害しているので、決して完全な善であるとはいえません。いや、善を行うという旗じるしの下で、共同社会の調和と統一とを害するのでありますから、考えようではおそろしい悪だともいえるのであります。

公共のために生きようとする人は、単に人と功を争わないだけでなく、周囲に何か面白くないことが起ると、深く自ら省み、進んでその責に任ずることをさえいとわぬ人であります。

ある先生の言葉

S県のある小学校に、手くせのわるい一人の児童がいて、他の児童たちからのけものにされていました。受持の先生はたびたびその児童に訓戒を加えましたが一向ききめがありません。訓戒すればするほど、かえってねじけて行くばかりでした。先生は、大変それを苦にやんでいましたが、ある日のこと、教室に行ってみると、その児童がみんなに取りかこまれてひどくののしられていいます。わけをきいて見ると、誰かの鉛筆をぬすみ、その現場を見つかったというのです。先生はひと先ずみんなをなだめて、教壇に立ちました。そして、しばらく何か考えていましたが、急にがくりと首をたれ、涙をぼろぼろとこぼしながらいいました。

「○○君がわるいことをしたのは、先生の教えかたが足りなかったからです。これからは、○○君もむろん気をつけましょうが、先生も一所懸命になって、○○君がわるいことをしないように力をそえてやりたいと思いますから、みなさんも今度だけはどうか許してやって下さい。」

教室はしんとなって、しばらくは物音一つしませんでしたが、やがて一人の児童が立ちあがっていいました。

「先生、ぼくたちも悪いのです。ぼくたちは○○君がいつも鉛筆をもっていないのを知っていながら、貸してやろうとしませんでした。○○君はかわいそうです。」

それでまたしばらく教室がしいんとなりました。すると今度は手くせのわるい児童が声をあげて泣き出しました。これまで、この児童は、わるいことをして先生や友だちに責められても、ふてくされているだけで、決して泣いたことのない子供だったのです。先生は、その泣声をきくといいました。

「みなさん、○○君は泣いています。今度はほんとうに心をあらためたにちがいありません。みんなでそれを信じてあげようではありませんか。そしてこれまでのことは何もかも許してあげようではありませんか。許してあげてもいい人は手をあげて下さい。」

みんなは一せいに手をあげました。

その結果、その児童が救われただけでなく、教室全体が、その後、見ちがえるように明るくなったということです。

中江藤樹の言葉

公共のために自らを省み、自らを責める人は、また常に心をむなしうしてよく人に学ぶ人であります。しかもその学ぶことは、人の上に立つ道ではなくて、人の下に立つ道でなければなりません。中江藤樹は学問についてつぎのようにいっております。

「それ学は、人に下ることを学ぶものなり。人の父たることを学ばずして、子たることを学び、師たることを学ばずして弟子たることを学ぶ。よく人の子たるものはよく人の父となり、よく人の弟子たるものはよく人の師となる。自ら高ぶるにあらず、人より推して尊ぶなり。」

いったい人間は、生れおちるとすぐから、誰に教わらずとも、人に勝ち、人の上に立ちたいという気持は自然にもっているものであります。そのくせ、真に人に勝ち、人の上に立つだけの資格をそなえるようになった人は、きわめてまれであります。それはなぜかというと、人にゆずり、人の下に立つことを学ぼうとしないからであります。人の上に立つものは、かならず先ず人の下に立つことを学ばなければなりません。それも、将来人の上に立つことを目あてにして、その手段として人の下に立つことを学んだのでは何の役にも立ちません。それでは決して人の下に立つ道は会得されないのであります。純一無雑になって喜んで人の指図をうけ、心をむなしうして人に教えを乞い、一生をそれで終っても悔いないだけのつつましさがあって、はじめてそれは会得されるのであります。そして、それでこそ自然に人に推され、人の上に立つだけの資格が出来るのであります。よく下るものはよく学び、よく学ぶものはよく進む。これが学問の法則でもあり、また処世の法則でもあります。そしてこれも、社会公共のために生きる心に出発してはじめて出来ることなのであります。

「進むがよいか、退くがよいか。」

もう一度、この問題をじっくりと考えて見ようではありませんか。

交響楽のごとく

以上わたくしは退く心の大切なことを説いて来ました。しかし、このことは決して誤解されてはなりません。人生の本則は、最初に申しましたとおり、あくまでも進むことであります。退く心が大切であるというのは、それが人間の共同生活体の調和と統一とに役立ち、社会公共の事業を全体としておしすすめて行く力になるからでありまして、たとえば不正と妥協したり、暴力をおそれたりして、自主独往の気象を失い、またいたずらに他人の意見を求めて、創意工夫の力を磨滅させるようなのは、わたくしのここでいう退く心ではないのであります。人間社会の進歩の原動力は、何といっても、ひとりびとり人間の自主独往の気象であり、その個性に応じた創意工夫の能力であります。断々乎として正義を守り、あらゆる困難を突破して個性を生かしつつ独創に独創を積むところに、国家社会はたえざる進展をつづけ、その文化内容をゆたかにするのであります。ただ、個々人の力は、高慢な心をもって、独善的に、或いは競馬馬のように勝ちを争う態度で発揮されてはなりません。そこに退く心の大切な所以があるのであります。

いったい人生のことは、これをたとえて申しますならば、ちょうど交響楽のようなものであります。交響楽において先ず第一に大切なことは、それぞれの楽手が、それぞれの楽器を手にして、それぞれに特色のある音をかなでることであります。その点ではあくまでも自主独往、いささかも他にゆずる必要はありません。ゆずればその特色を失い、それだけ交響楽の一要素としての資格を欠くことになるのであります。しかしまた、それが交響楽の一要素であるかぎり、他との調和を保ち、全体中にとけこむことが大切であります。もしその楽手が、他の楽手に勝ちたいという心から、自分の楽器の音で他の楽器の音を圧倒しようと試みたらどうなるでしょう。結果はいわずして明らかであります。むろん交響楽の楽手でそんな馬鹿なまねをする人はありますまい。しかし、人生の交響楽においては、そうした過ちを犯している人が決して少くはありません。お互いに気をつけたいものであります。

仕事の心がまえ

牛若流と弁慶流

わたくしは、子供のころはかなりの乱暴もので、学校から帰ったあと、家にじっと落ちついて復習などしていられないたちでした。それでも母の目がこわいので、たまには復習もしましたが、そんな時には、教科書をとびとびに読みちらし、それで母をごまかすことが出来たつもりになり、大いばりで外に飛出していたものです。ところが、ある日のこと母は外にとび出そうとする私をよびとめて、「今日はお前に面白いお話をしてあげるから、お坐り。」という。何事かと内心すこしびくびくしながら聞いていますと、「昔、牛若丸と弁慶とが、ご飯を二人で等分にわけて、それをどちらが早くのりにねりあげるか競争をしよう、ということになりました。そこで、牛若丸は早速のりおし板と竹べらとを持って来て、一粒一粒、丁寧にご飯粒をねりはじめましたが、弁慶の方は、広い板の上に一ぺんに自分のご飯をあけ、その上に一本の大きな鉄の棒を横たえて、それを両手で力まかせにころがしはじめたのです。しばらくたつと、牛若丸はまだちょっぴりしかのりをねっていないのに、弁慶の方のご飯は、もう大方のりになってしまっています。誰が見ても弁慶の方が勝ちらしく見えました。ところが、それからあとはいつまでたっても、弁慶の方ののりの中にはつぶつぶのご飯が方々に残っていて、なかなかりっぱなのりにはなりません。その間に、牛若丸は、にこにこ笑いながら、一粒残らず、見事なのりに仕上げてしまったそうです。お前の勉強も、牛若丸のようでなくてはなりません。一字一字、一行一行を念入りに読んではじめて全体がわかるのです。お前のこれまでの勉強の仕方は、弁慶がのりをねるのと同じです。そんな乱暴な勉強の仕方を一生つづけても、お前は決してりっぱな人間にはならないでしょう。」

母のこの教訓は、かなり強く私の胸にこたえました。そして、それからは、私もいくらか念入りな勉強をするようになり、成人してからも何かにつけそれを思い出し、怠りがちな日々のつとめをおろそかにしないように気をつけています。

人生は散歩

誰かの言葉に、「人生は散歩のようなものだ」というのがあります。これは解しようによっては人生をばかにした言葉のようにも思えますが、実はそうではありません。つまり「散歩はその一歩一歩に大きな意味がある。同様に、人生も現在の一瞬一瞬、一日一日が大切で、充実した一瞬一瞬、充実した一日一日のつながりが、充実した一生になる。」という意味なのであります。むろん、一生をどうすごすかということをたえず考えていることも大切ではあります。しかし、現在の一瞬、今日の一日を充実させることを怠って、漫然と一生のことばかり考えていても、真に意義ある人生は送れません。いつ死んでもいいという覚悟で、現在与えられている任務に渾身の努力を払い、ちょうど牛若丸が一粒一粒のご飯粒を完全なのりにねり上げたように、その任務を完全に果して行くことが大切であります。茶道に「一期一会(ごえ)」という言葉があり、論語に、「朝(あした)に道を聞かば夕べに死すとも可なり」とありますのも、おそらくこの気持に通ずるものがあるでありましょう。

偉人と理想

古来の偉人の中には、若いころから大理想を抱いていた人もありましょうが、大ていは、たとえ小さくとも、現在果さなければならない仕事を完全に果すことを理想とし、つぎつぎに新しい大きな理想を生み出して行った人のようであります。福沢諭吉翁なども、決して最初から明治の先覚者として新文明の指導者になろうなどという大理想を抱いていたのではなく、「福翁自伝」にありますように、最初は、新しい時世の変化に応じて「衣食さえ出来れば大願成就と思っていた」のであります。そして、それに必要な努力を自分の境遇に応じて積んでいるうちに、それがいろいろの著書ともなり、教育的活動ともなって、ついに「天は人の上に人を造らず、人の下に人を造らず」というあの思想を打ち出し、真向から封建思想と戦って、明治の新文明の基礎を作ることに自分の使命を見出すようになったのであります。

そこで、青年時代に高遠な理想を抱くことも決して悪いことではありませんが、それよりも大切なことは、自分の現在の境遇に応じ、現に当面している仕事と一枚になる修養をすることだと思います。

名優の境地

ある名優がこういっています。

「はじめて、舞台に立つと観客の顔が全体にぼうッと目にうつるだけで、一人一人の顔がちっとも見分けがつかない。そのうちに舞台になれ、芸が上達し、肚が出来るにつれて、誰がどこでどんな顔をして見ているかまで、はっきり見えるようになる。こうなるとまずまず一人前の役者になったわけだが、大ていの役者はそこいらで安心するので、名人にはなかなかなれない。名人といわれるほどになるには、もう一度観客の顔が見えなくならなければならないのだ。」

これは非常に意味の深い言葉だと思います。

はじめての舞台で観客の顔が見えないというのは芸が未熟なためで、これはお話になりません。しかし、もう一度見えなくなるというのは、観客の目を超越して、自分の芸に自分の魂を打込んでいる境地、つまり自分と芸とが一枚になった境地だと思います。名人になるには、そこまで心境が深まらなければだめだ、というのがこの言葉の意味なのであります。

このことは、芸術以外のおたがいの仕事についても等しくいえることだと思います。周囲の人人の目付が気になるようでは、まだほんとうの仕事をしているとはいえません。ハンマーを握ったらハンマーに、鍬を握ったら鍬に、そろばんを握ったらそろばんに、自分の魂が吸いこまれて、無二無三に働くところに、いわゆる名人の仕事が出来るわけです。

「即興詩人」の一節

アンデルセンという人の書いたのを、森鷗外先生が訳された「即興詩人」という名高い本がありますが、その中に、つぎのような意味の一節があります。

「アントニオという少年が、毎日聖母マリアの像のまえで、まごころをこめて祈りの歌をうたっていた。その声が世にもまれな美しさであった。ある日のこと、外国から来た夫婦の旅人が、その歌声をきいて非常に感動し、歌が終るのをまって、二人でその少年の頭をなでてほめそやした上、いくらかの金まであたえて立ち去った。ところがこの少年は、ほめられたのが無上にうれしくなり、その翌日からは、今日もだれか自分のうしろに立って、自分の歌声をきいてほめてくれるものがありはしないかと、そればかりが気になり、昨日までのように、まごころのこもった、にごりのない心で祈りの歌を聖母マリアにささげることが出来なくなってしまった。」

というのであります。

人にほめられるほどの仕事をやるのは、けなされたり、叱られたりするような仕事をやるよりも、むろんいいことにちがいありません。また、ほめられてうれしくなるのは人情の自然で、その人情に刺戟されて、つぎの仕事に一そう精を出すようになるのも、これまた人情の自然でありまます。しかし、だからといって、ただほめられたい一念だけで仕事をやるようになったら、もうおしまいであります。ほめられるということは、あくまでも仕事の結果であって、その目的であってはならないのです。仕事の結果ほめられる、それはうれしいことにはちがいありません。しかし、それにとらわれ過ぎて、それを目あてに仕事をするようになると、仕事そのものが不純になります。不純な仕事は決していい結果を生みません。仕事は仕事そのものを目的としてこそ、真にほめるに値するような結果を生むのであります。西郷南洲が「人を相手とせず、天を相手とせよ。」と教えたのもここのことだと思います。

天を相手とする人も、人にほめられてわるい気持がするわけはありません。少くとも、くさされるよりは、ほめられる方がうれしいにきまっています。しかしそれは自分の仕事の結果に過ぎないのであって、決して目的ではありませんから、それにとらわれることがありません。目的はあくまでも仕事そのものであります。その仕事が、天意にかなった正しい仕事であると信ずるかぎり、全心全霊をそれにぶちこみ、無二無三につき進んで、ただ一途にその完成を願うのであります。その境地においては、世評をおそれるどころか、時としては一命をなげ出しても悔いないことさえあるのであります。

仕事を拝む

ところで、仕事に関してわれわれのよく聞く訓話の中に「仕事を使え、仕事に使われるな。」という言葉があります。これは、いうまでもなく、いつも仕事に追いまわされて、自主的に、落ちついた気持で仕事を処理して行くことの出来ない人を戒めた言葉でありまして、その意味では、決して無用の訓言ではありません。とりわけ繁雑な事務にたずさわっている人たちにとっては、十分味って見るだけの価値のある言葉だといえましょう。しかし、私にいわせると、かような表現の中には、仕事というものの考え方の不純さが曝露されており、その点からいっても、最上の言葉とはいえないと思います。われわれは仕事というものに対して、もっとつつしみ深くなければなりません。仕事は、われわれにとって生きる手段でなくて、目的であります。仕事を「使って」われわれが生きるのでなく、仕事に仕えてわれわれは生きるのであります。そう考えて仕事に従事してこそ、その仕事に真のかがやきが出るでありましょうし、また従って、われわれの生命にかがやきが出るでありましょう。

そこで、これは私のいつもいうことですが、どんな仕事に従事している人でも、自分の仕事を拝む心をもつことが大切だと思います。仕事を拝む心、それはやがて神を拝み、神の大事業に参加する心であります。利害を超越し、世評にわずらわされず、一日一日をただひたすらに仕事の祭壇に奉仕して悔いざる心、これこそ人間をあらゆる職場において偉大ならしむる唯一至高の道ではありますまいか。

非運に処する道

林檎園の青年哲人

東北地方の某農村で、六、七年前から林檎園を経営して見事な成績をあげている青野君という青年がいます。先年、私は、青野君をその林檎園にたずねて、渋茶のごちそうになりながら、つぎのような問答をとりかわしました。

「林檎園の経営をはじめてから、一番つらいと思ったことは、何でしたか。」

「つらい？　そうですね、労働をつらいなんて思ったら、まるで問題になりませんし……あ、そうそう、一度だけしみじみつらいと思ったことがありましたよ。それはこの仕事をはじめた最初の年、颱風におそわれたことです。私が二十三の時でした。」

「一度だけだというと、その後は颱風の被害はなかったわけなんですか。」

「そりゃ、ありましたとも。被害は颱風が吹きさえすれば、かならずいくらかはあるんです。しかし、二回目からは、もうそれをちっともつらいとは思わなくなったのです。」

「つまり、なれっこになったというわけですね。」

「ええ、それもいくぶんありましょう。しかし、それよりか、最初の被害の時に、私のものの考えかたをすっかり変えてしまったためです。」

「考えかたを変えた、といいますと？」

「私は、風に吹きおとされた林檎を、被害だとは思わないで、あべこべに、天の特別の賜物だと思うようになりました。」

「ほう、それはおもしろい、いったい、どうしてそんな考えになられました？」

「林檎が片っぱしから吹きおとされるのをじっと番小屋から見つめているうちに、次第にそんな考えに変って行ったんです。むろんはじめのうちは、せっかく丹精したものがむざむざと地にたたきつけられるのを見ていると、今にも気が狂いそうでした。しかし、同じ木になっている林檎でも、わけなくおちる林檎と、なかなかおちない林檎とがあるんです。それに気がつくと、私ははっとしました。そしてこう思ったんです。――颱風は毎年吹く。吹くものと覚悟しなければならない。それは天の運行だからだ。この天の運行を予定しないで林檎園を経営するのは、人間が勝手に天に甘えるというものだ。では、天に甘えないようにするにはどうしたらいいのか。それは、林檎園を完全に颱風から保護するか、さもなければ、颱風に襲われても吹きおとされないような丈夫な林檎を育てるより外はない。そのいずれもが出来ないとすれば、林檎が吹きおとされるのが当然で、その林檎が、まだ十分には天意にかなっていないからだ。天意にかなった林檎なら、かならず梢にのこる。現にどんなにひどい颱風にも吹きおとされない林檎が、かならずいくつかはあるではないか。――」

「なるほど。」

「そこまで考えて来ますと、吹きおとされた林檎はもともと自分のものではない。これは天の特別のお恵みだ、と、そう考える気になって来たのです。さて、そうなりますと、私は天をうらむどころか、敬虔な気持になって天に感謝しないではいられなくなりました。で、それ以来、私は、吹きおとされた林檎をジャム工場に売った金だけは、特別預金にして、私用には使わないことにしているのです。」

青野君はそういって特別預金帳とその出納表とを私に見せてくれました。支出は、なるほど、社会的、公共的のものばかりでした。

青野君は語をついでいいました。

「支出したのは、まだほんの一部です。あとはなるべく積立てておいて、将来何かまとまったことに使いたいと思っています。今考えていることの一つは、この林檎園のすみっこに、青年の家というような小さな小屋でも建てて、そこに聖賢の書や、歴史や、農民に必要な参考書などをそなえておき、心ある青年におりおり集ってもらって、お互いに生きる道を真剣に考えてみたいということです。」

「地に吹きおとされた林檎が、人間の魂の糧になる。――なるほど、これはすばらしい。是非実現してもらいたいものですね。」

「しかし、私のような若い者が、そんなことを考えるのは、おそろしく思いあがったことのようにも思えますので、なお十分考えて見た上でのことにしたいと思っています。」

私は、その言葉でいよいよ頭がさがりました。そして青野君にわかれて汽車にのってからも、いくたびとなく同君の言葉を心の中でくりかえしながら、非運に処する道についていろいろと考えて見ました。

非運を見つめる

なによりも私の心にひびいたのは、青野君が颱風の日に、林檎が吹きおとされるのを「じっと見つめていた。」ということでした。これはなみなみならぬ心境だと思います。たいていの人は、そんな場合になると心も態度もみだれがちになり、むだだとわかりきっているのに、そこいらをかけずりまわったり、泣いたり、ののしったり、ため息をついたり、いろいろと狂気じみたことをするものであります。しかるに青野君は、おそって来た災害をじっと見つめていました。自分で「気が狂いそうだった。」といっているほど苦しみながらも、じっとそれを見つめていた態度は、実に見上げたものだと思います。

むろん、さけ得られる災害は全力をつくしてさけなければなりません。しかし、自分ではどうにもならないとわかり切っている災害に対して、いたずらにさわいで見たところで仕方がありません。そうした場合大事なのは忍従であります。忍従は屈服とはちがいます。さけがたいものをさけがたいものとしてそのままに受けとり、そのさけがたいものの中にあって魂の自由を確保し、新しい出路を發見し創造せんとする心の態度、それが忍従であります。

昔、孔子が門人たちと共に天下を巡歴して、陳(ちん)の国と蔡(さい)の国の国境近くを通っていた時、無道の人たちに囲まれ、糧食を断たれて飢え死にしそうになったことがありました。その時門人の一人であった子路が孔子を詰問するようにいいました。

「君子にも窮するということがありますか。」

子路の気持では、先生も、こんなみじめな境遇におち入るようでは、案外だめではありませんか、といったつもりだったのです。すると、孔子が答えていうには、

「君子も事情次第ではむろん窮することがある。だが、そのために心がみだれることはない。小人はこれに反して、窮すると必ず心がみだれるものだ。」

孔子ほどの人は、さすがに、どんな悲境にあっても自分の心をみださないで、いつも自由の境地にあった人であります。

また、ある角力の名人がこんなことをいっています。

「土俵で投げつけられた時に、自分のはだにふれた土の味をしみじみ味わい、起きあがってから、土に残された自分のからだのあとをじっと見つめるほどの力士でなければ、大関や横綱にはなれない。」

さすがに一芸一能に秀でた人は、かように、みだれざる心をもって悲境に直面した人なのであります。

反省より感謝へ

つぎに、青野君に教えられた大事なことは、災害の責任を天候に帰さないで自分に帰し、自分の努力がまだ十分に天意にかなわなかったからだ、としていることであります。

どんな場合にも、先ず自分を省み、自分を責める。われわれは決してこの心を失ってはなりま

せん。それは、人間の向上發展はこの心のあるなしによってきまるといっても、いい過ぎではないからであります。

しかし、実は、これほどむずかしいこともありません。われわれは自分に罪があるとはっきり知っている場合でも、とかく責任を周囲に帰し、自分だけはいい顔をしたがるものであります。まして、天災のような不可抗力に出あった場合、それを自分の努力が天意にかなわないからだと考えるような、敬虔な気持にはなかなかなれるものではありません。

然るに、青野君は年わずかに二十三歳にして、このすばらしい反省をしています。まったく、頭が下がらざるを得ないではありませんか。

しかも、青野君は、この敬虔な反省をとおして、吹きおとされた林檎を天の特別な恩恵だと認め、かえって天に感謝する気持にさえなっています。この気持こそは、おそらく、青野君の生涯を通じての最上の宝となり、あらゆる苦難の中にあって自分をささえる最大の力となるでありましょう。

世間には、悲境におち入って、すぐやけくそになる人があります。これはいうまでもなく下の下であります。

やけくそにまではならないが、あきらめてしまって、その境遇に流される人があります。これは下の上であります。

世をうらみ不平をならべながらも、ともかくも恢復に努力する人があります。これは中の下であります。

世をうらんだり、不平をならべたりするほどではないが、自分の不幸を悲しみ、歯をくいしばって努力する人があります。そこいらになると、まあ中の上でありましょう。たいていの人はそこいらがとまりです。しかしそこで止まってしまっては実はまだ危いので、二度三度と非運が重なると、もうたえきれなくなってしまいます。

非運に処する最上の道は、何といっても、非運の中に天意を見出してそれに感謝することでなければなりません。この感謝には二通りあります。その一つは、悲運を天の戒めとして感謝することであり、もう一つは、悲運の中に幸運の種を見出し、それを天の特別の恩寵として感謝することであります。

しかし、この二つは本来決してべつべつのものではありません。悲運を天の戒めとして敬虔に自己を反省すればこそ、その非運の中に幸運の種を見出すことが出来るのであります。

これを、青野君の場合でいえば、もし、青野君に敬虔に自己を反省する心がなかったならば、吹きおとされた林檎はうらみの種でこそあれ、決して天の特別の恩寵だとは感じられなかったでありましょう。それを特別の恩寵だと感じたのは、青野君が素直に自己を省み、先ずそれを天の戒めとして受取り、それに感謝する心があったればこそであります。

職業に誇りをもて

農夫と漁夫との問答

かつてある宗教雑誌を見ていましたら、ページのすみっこのところにうめ草見たようにして、一農夫と一漁夫との間にとりかわされた次のような問答が書いてありました。それがふしぎに私の心をとらえて、今に忘れられません。

農夫――「お前のおやじさんは、どこで死んだのかね。」

漁夫――「海の上だよ。」

農夫――「おじいさんは？」

漁夫――「やっぱり海の上さ。」

農夫――「ふうん、お前はそれでも、今日その海の上に出て行くのか。」

漁夫――「そうだとも。ところで、お前のおやじさんはどこで死んだんだい。」

農夫――「うちの畳の上さ。」

漁夫――「おじいさんは？」

農夫――「やっぱり畳の上さ。」

漁夫――「ふうん、お前はそれでも、今夜その畳の上にねるのかね。」

この問答の勝利者は、いうまでもなく漁夫であります。といっても、それは世間普通の常識の上に立ってのことではありません。世間普通の常識では、海の上より畳の方がはるかに安全であるにきまっていますから、農夫が漁夫の身の上を気の毒に思うのがあたりまえでありまして、漁夫のいうことは、負け惜しみの逆襲に過ぎないとも考えられるでありましょう。

しかし、この問答は、おそらく宗教的な意味をもって何人（なにびと）かに創作されたものであり、決して単なる常識上の議論のやりとりではありません。従ってわれわれは、この問答を、生死の流れの中にあって人生に処して行くおたがいの心の問題として味わって見るべきであります。そうした深い立場に立ってそれを味わって見ますと、漁夫が危険を意とせず、生死をこえて自分の職分を愛し、それに安住している心境は、等しく自分の職分を愛しながらも、安全第一の立場に立ち、しかもその安全が絶対の安全ではないということに気づかないでいる農夫の心境にくらべて、一段と立ちまさったものであることは、いうまでもありますまい。われわれは、そうしたことを念頭において、くりかえしこの問答の意味を味わって見るべきであります。

教育家と技術家の問答

さて、この問答と同時に、きまったように私の頭にうかんで来る、もう一つの問答があります。それは前の問答とはちがって、何か特別の目的をもって誰かに創作されたというようなものではなく、私自身、実際に直接きいた問答であり、また、それに類した問答ならば、世間にざらに取りかわされていそうに思える問答であります。それは、ある教育家と、ある技術家との間にとりかわされた問答でした。

教育家――「いいですなあ、貴方がたのお仕事は。第一、やればやるだけ、目に見えて仕事の成績があがって行くじゃありませんか。それに仕事の成績があがれば、すぐそれだけ収益もあがって行きましょうし、毎日、働きがいがあって、お楽しみでしょうね。それにくらべると教育者なんてつまりませんよ。まるでぬるま湯にひたっているようなもので、しじゅう風邪（かぜ）をひきそうな気持でいますからね。じゃあ飛び出したらどうかっておっしゃるかも知れませんが、飛び出せばなお寒いので、それもなりませんよ。」

技術家――「そりゃ、なるほど、貴方がたのお仕事は、毎日目に見えてどうということはありますまい。しかし、永い目で見たら、貴方がたのお仕事ほどすばらしいお仕事はありませんよ。何しろ人間を育てるという最も根本的なお仕事ですからね。われわれは、いくら働いて見たところでせいぜい機械をいじくるだけなんです。いや、考えようでは、機械をいじくるんでなくて、機械にいじくられているようなものなんです。一生機械の奴隷で終るのかと思うと、全くみじめな気持になることもあるんですよ。」

この問答は、おたがいに相手の職業の価値を認めあうための社交的辞令に過ぎなかったかも知れません。もしそうだとすれば、ここに取り立てて問題にするほどのこともありませんが、しかし、それならそれで、もう少しほかに言いかたがありそうなものだと思います。

自分はぬるま湯にひたっているようなもので、飛び出せばなお寒い、と歎いた教育家の言葉。

自分は機械以下で、一生その奴隷で終ると歎いた技術家の言葉。

いずれも、自分の職業に対して、あまりにも自信のなさ過ぎる言葉です。かような言葉は、決して謙遜の言葉であるとはいえません。もしかような言葉を謙遜のつもりで口にするものがあるとすると、その人は人生における職業の意味を全然理解しないで、その職についている人だといわなければなりません。そういう人が、その職業を通じて幸福になることは、おそらく駱駝が針の目を通るより困難でありましょうし、また従って、一生自分の職業に落ちつかず、たえず他人の職業をうらやんで暮らすよりほかはないでありましょう。

人間が世に立つにあたって何よりも大切なのは、自分の職業に誇りを持つことでなければなりません。自分の職業に誇りを持つというのは、何も他人の職業を軽んじて自分の職業を最高のものと考えることではありません。自分は自分の職業を通じて、人生に必要な、ある任務を果しているという自覚を持ち、それに喜びを感ずることです。

この自覚を持ち、この喜びをもって教育にあたっている人なら、忘れても自分をぬるま湯にはいっているようなものだとは言わぬはずです。またこの自覚を持ち、この喜びをもって機械を動かしている人なら、たとえあいさつにもせよ、自分を機械の奴隷だなどとは言わぬはずです。

カーネギーと老職工の問答

さて、ここまで書いて来て思いおこす一つの話があります。それは、十九世紀末から二十世紀のはじめにかけてのアメリカ第一流の大実業家であり、大社会事業家であった、かの有名なアンドリュー・カーネギーと、その経営する一会社に働いていた一老職工との間におこった、美しい人間的交渉の話であります。

カーネギーは、誰も知っているとおり、一職工からたたきあげた実業家だけに、自分の会社の職工の働きぶりについて常に注意を怠らず、その優遇法についてもたえず心を使っていた人でありますが、とりわけ彼の注意をひいていた一老職工がありました。

ある日、カーネギーはその老職工を自分の部屋に呼び、かねて用意してあった一枚の辞令を渡しながらいいました。

「君の永年の忠実な、そして研究的な働きによって、この会社も世界一流の製品を作ることが出来るようになった。まことにありがたい。ついては、これは私の心からの感謝のしるしだ。ほかに適当な方法も思いつかないので、これでゆるしていただきたい。」

渡された辞令は重役任命の辞令でありました。一職工から重役へ、これはたしかに最高の優遇であったにちがいありません。ところで、その辞令を見つめていた老職工は、喜ぶと思いのほか、いかにもけげんそうな顔をしてたずねました。

「社長さん、これは何かのおまちがいではありませんか。」

「いや、まちがいではない。君の永年の功績に対する報酬としては、実はそれでも足りないと思っているくらいなのだ。」

すると職工はいよいよけげんそうな顔をして、つめよるようにいいました。

「功績に対する報酬ですって？　社長さん、これは私にとっては、ちっとも有りがたい報酬ではありません。それどころか、私はこれで私の命を奪われたことになります。」

「何？　命を奪われたことになる？　それはいったいどういう意味なのだ。」

「社長さん、私は年をとりましても、工場で働いているかぎりは生き甲斐を感じておりました。私の打ちおろすハンマーのひびきは私の命のひびきでした。ハンマーの先から飛び出す火花は私の命の火花でした。そしてハンマーの先から生れる製品は、すべて私の命の結晶でした。私はハンマーを握って工場に働いているかぎりは、まだまだ私の命の力を世の中にささげることが出来る自信があるのです。ところが、ただ今いただいた辞令を見ますと、私は重役になることになっています。私は重役の仕事には何の自信もありません。私はこれから私の命をどう使ったらいいのでしょう。私にはまるで見当がつかないのです。社長さん、お願いです。どうかもうしばらく私をこれまでの場所で働かして下さい。老い先みじかいこの私に、不慣れな重役の椅子を押しつけたりして、私のたった一つの楽しみを奪い取るようなことをしないで下さい。」

実業界の偉人といわれたさすがのカーネギーも、老職工のこの言葉には、すっかり頭があがりませんでした。彼は矢庭に立上り、固く老職工の手をにぎりしめながらいいました。

「ゆるしてくれ。すべては私の人生に対する考え方の誤りから来たことだ。なるほど、職工が重役になったからといって何の意味もあることではない。職工は職工として第一人者になる。それでいいのだ。いやそれでなくてはいけないのだ。君がそれほどの信念をもって働いてくれたればこそ、この会社の製品が世界一になることも出来たのだ。ありがとう。これからも、どうかその信念をもって、いつまでも工場で働きつづけてくれ。」

カーネギーはそういって、即座に重役任命の辞令をやぶり捨てました。そしてその代りに、自らペンをとって新しく一枚の辞令を書き、それを老職工の手に渡しましたが、それには、アメリカ大統領の俸給と同一の俸給が記されてあったそうです。

老職工にとっては、むろんこれもおどろきの種でした。しかしカーネギーは、何か言い出そうとする老職工の口をさえぎって、今度はいかにも自信にみちた口調でいいました。

「大統領は政治家としてアメリカ最高の地位にある人だし、君は職工としてアメリカ最高の地位にある人だ。同一の待遇をうけるのに何の遠慮がいろう。」

この話につけ加える言葉は、もう何もありません。老職工にも、カーネギーにも、ただ頭がさがるだけです。

五つの道
——ある母の会での話——

子供に富士登山をやらせたい親があるとします。親の考え方次第で、それにはいろいろ方法がとられるでありましょう。

その第一は、親がその子供を「背中」におんぶしてのぼることです。おんぶしてのぼっても富士の絶頂に子供を立たせるだけのことはたしかに出来ます。そしてもしそういうことで、子供にうまく富士登山をやらせたと信ずる親があるとすれば、子供にとって、これほど楽な登山はないわけです。

その第二は、親が先に立って、子供をあとからついて来させることです。絶頂に行く道は親が十分心得ています。子供は何も考えないで、ただ親のあとについて行きさえすればそれでいいのです。子供が自分で道順を考えたり、地図をしらべたりすることは、親の立場からは全く無用なことで、むしろうるさいことなのです。「生意気な理くつをいうんじゃない。親を信じて黙ってついて来さえすれば、まちがいはないんだ」——親はそういって、子供が不平づらをしていようと、泣きそうな顔をしていようと、一切おかまいなしで、ぐいぐい引っぱって行きます。こんな登山法は、子供にとっては迷惑かも知れませんが、親としてはかなり簡便なやり方です。そしてその親は、自分の子供に、子供自身の足で富士登山をやらせたという自信を、たしかに持つことが出来るでしょう。

その第三は、親が子供にくわしく道を教え、それを十分覚えこませて登らせることです。この場合、親はいっしょについては行きません。ただ、自分がかつて登山した時の経験なり、あるいは、地図や書物で学んだことなりを基礎にして、間違いがないと信ずる道を教えてやるだけです。子供は教えられたとおりに覚えこんで出発します。途中で道に迷うかも知れませんが、それは仕方のないことです。というのは、地図や書物に書いてあることや、親のかつての経験をどんなに忠実に守っても、それがそっくりそのまま現在の山の状態にあてはまるとはきまっていないからです。また、ひょっとすると、子供は登山を中途で断念したくなるかも知れません。しかしそれも仕方のないことです。というのは、言葉や文字で無理に覚えこまされたことには、子供というものは、元来さほど魅力を感じませんし、他にちょっとした誘惑でもあると、監視者がいないのを幸いに、すぐその方に誘われたがるものだからです。で、この場合、富士登山が果して成功するかどうか、保証のかぎりではありません。

その第四は、親が子供といっしょになって、登山道を研究しながら登ることです。この場合、親は出来るだけ子供を先に立てて歩かせます。そして、たとえば別れ道に来た時などには、先ず子供に右に行くか左に行くかを考えさせます。考えた結果、子供の断判が正しいこともありましょうし、まちがっていることもありましょう。しかし、いずれにしても、判断の根拠を十分に問いただし、なおよく考えさしたうえで、親は最後の決定を与えるのです。こんな登山の仕方はずいぶん時間がかかるかも知れません。しかし、時間はかかっても、早晩絶頂に行きつくことだけはたしかです。しかも、第一第二の場合とちがって、子供は道中のことをよく実際についてのみこんでしまいます。だから、将来は一人で楽に富士登山が出来るようになれるでありましょうし、また、富士以外の山を登る場合にも、それが非常に参考になるであろうこともたしかです。それに、何よりもいいことは、子供が絶頂の景色だけを楽しむのでなく、途中の一歩一歩に興味をもち、登山の最初から最後までを喜びにみちた研究心で貫くことが出来ることです。

その第五は、親が子供に、富士登山を勧告するだけで、おんぶもせず、引っぱって行くのでもなく、また、道を教えたり、地図を与えたりするのでもなく、何もかも子供自身の意志に任しておくやり方です。このやり方は、子供が登山に興味をもっていて、しかも、非常に頭がよく、意志も強い場合には、あるいは成功するかも知れません。しかし、中には、最初からそんな勧告など問題にしない子供もありましょうし、また何の用意もなく飛び出して行って、途中で道に迷ったり、へたばったり、時としては生命まで失うような子供もありましょう。とにかくかような登山のやらせ方は、ずいぶんのんきな親か、乱暴な親でなければ出来ないことです。

さて、以上五つの方法を広く子供の教育ということにあてはめて考えて見ましょう。

五つの場合のうち、第一と第五とは、子供の自律心に訴えるという点からいって、両方の極端です。第一の場合は、何もかも親が世話をやいてやるというやり方、第五の場合は、何もかも子供任せというやり方です。しかしこの二つは、実は教育というにはあまりにも非教育的なやり方で、第一の場合は、親がいるために却って子供の力が伸びないことになりますし、第五の場合は、ほとんど親はないに等しいとさえいえるのです。で、この二つの場合は全く問題外といたします。

そこで、問題になるのは、第二と第三と第四の場合ですが、このうち最も教育的なのはいずれかというと、それは、すでに述べたところでも明らかでありますように、何といっても第四の場合だと思います。

第二の場合は、時間的に早く、形の上である結果を得ることが教育の目的でありますならば、なるほどいい方法だといえるかも知れません。また、意志の鍛錬という点からいって、非常に効果のある方法のようにも思えます。しかし、こんな風にして育てられた子供は、どうかすると、いじけた卑怯者になったり、わるがしこい表裏のある人間になったりします。また、かりに意志が鍛錬されるとしても、その意志は、頑固で盲目的で、複雑な人生に処して適切な判断を下す知性の伴わないものになってしまいがちであります。つまり、こういう教育法からは、ほんとうの道徳心も、ほんとうの科学精神も生れて来ません。従って、子供の生命を伸ばすということが教育の目的であるかぎり、それは真の意味での教育だとはいえないのであります。

では第三の場合はどうかというと、これは第二の場合にくらべて、ともかくも子供の頭をひらいてやるということに注意が注がれており、また、一から十まで干渉しないで、出来るだけ子供の自律心に訴えているという点に長所があります。しかし、こういう教育法の最大の欠点は、親が子供と共に実践しないことであります。「昔の人はこういった。」とか、「何々の本にはこう書いてある。」とか「自分の若いころにはこうだった。」とか、お説教や訓戒は盛んにやりますが、そしてそれは一々もっともなことばかりでありますが、親が子供といっしょにその通りに実践するかというと、そうではありません。そこで子供の方でも、とかく耳だけできいておくということになりがちです。それに、この教育法では、すでに発見された真理を教えこむばかりで、子供自身にそれを発見させることがないので、実は、ほんとうの意味で、子供の頭をひらいてやることになっていません。従って、子供の自律心に訴えても、その自律心は活潑には動いて来ないわけであります。

実をいうと、家庭でも学校でも、こうした観念的教育法が永いこと日本を支配していました。これではならぬというので、戦前から戦中にかけて、指導する者と指導されるものとがいっしょになって実行実動しようではないか、という意見が出、いわゆる「錬成」という言葉が使われるようになったわけであります。

ところで、残念なことには、その実行実動の教育、つまり「錬成」の教育は、ほとんど例外なく、結局のところ、第二の場合と同じようなことになってしまいました。これには戦争ということが大きな影響を及ぼしたにちがいありません。いわゆる「言あげせぬ」盲目的服従者を作ることに急でありましたために、知情意の統一体としての人間の錬成が忘れられてしまったのであります。

ほんとうの人間錬成は、何といっても第四の方法によるべきだと私は確信します。元来教育は、形の上の結果よりも、その道行きを大事にしなければなりません。道行きを大事にしそれに興味と自信を持たせてこそ、監視者がいないところでも正しく行いうる人間が出来あがるのです。また、鍛錬は単に意志だけの鍛錬であってはなりません。知情意を打って一丸としての鍛錬でなければならないのであります。そして、そのためには、教育者は出来るだけ多くの機会をとらえて、子供と共に考え、子供と共に行い、子供をして常に創造発見の喜びを味わせ、建設の勇気を自分自らの中からふるい起させるようにすることが大切であります。

民主主義の教育とは、つまり、かような教育をいうのであります。このごろ、民主主義の名において、第五の場合のような方法をとる教育者があるようですが、これは、とんでもない民主主義のはきちがいであります。またそれは、すでにいったとおり、教育としては全く問題外であります。民主主義とは、元来きびしいものであります。ことに教育においては、教える者も教えられる者も、いかなる種類の教育にもまさったきびしさを味わなければならないのであります。ただそのきびしさは、自分自らの判断と意志とに出発し、そしてその中においてたえざる創造発見の機会が恵まれるという点で、他律的盲目的な鍛錬では到底味わえない喜びを伴うものであり、そしてそれ故にこそ生命の生長に役立つのであります。

ある時、ある場合のお体裁をととのえるのが教育の目的なら、お説教や訓戒だけでも間にあいましょう。子供を一時も早く鋳型に入れるのが教育の目的なら、有無をいわさぬ鍛錬も結構でありましょう。しかし、伸び行く生命のために教育を行おうとする限り、子供を格言の陳列棚にしたり、従順な動物にしたりしてはなりません。たといお体裁はわるかろうと、時間はどんなにかかろうと、子供を彼等自身の内部からの刺戟によって動かす工夫をしなければならないのであります。その意味で、もう一度富士登山の第四の場合のやり方を味わっていただきたいと思います。

新しい幸福のために

——ある農村青年に与えた手紙——

N君、お便りありがとう。年があらたまって、われわれはいよいよ二十世紀の後半に第一歩を踏みこんだけれども、戦後の復興は未だ十分でなく、したがって農村にもいろいろの問題があり、世界の情勢はわれわれの期待に反してますます険悪となり、特にアジアでは各地に戦火が起っている。こういう時勢に農村の青年として今後どう対処して行ったらいいのか、というのが君の問題だと思うが、御承知のように、私は戦後やや農村とは疎遠になっていて、実感を持たないので、私の考えが果して君の御参考になるかどうか、ちょっと自信が持てない。しかし、一応私の信ずるところを述べて見よう。どうかあの山小屋のいろりを囲んで語り合った頃と同じ気持で読んでいたゞきたい。

農地改革、次三男の問題、政治に対する不信……、数えあげれば君たちの悩んでいる問題はいろいろあるだろう。しかし結局は、人間としてどう生きるかという根本の人生観がはっきりしていなければ、いろいろな問題を解決するにも基礎がぐらつくのではないかと思う。でまずその点から書くことにしよう。

第一に、今日唱えられている自由の問題だが、なるほど自由であるということは人間として生きて行く上に最も大切なことで、それがなくては、人間とはいえない。ところで、その自由とは何かということは、多くの人たちには、まだはっきりつかめていないのではなかろうか。私は、自由とは、人格の自由であり、その人格の自由は、結局良心の自由でなくてはならないと思う。いろいろ雑多な欲望を充たすことを自由と考えている間は、人格の自由は得られない。どんな圧迫にあっても、良心にそむくことは断じて弾ね返すだけの力を持っていなければ、真の自由は得られないと思う。

それでは良心とは何か。これにはいろいろの議論もあり、学問的にはさまざまの解釈もあるだろうが、それは結局のところ、愛にそむかない心、愛なきを恥じる心だと思う。われわれが具体的な生活においていろいろな問題にぶっつかり、良心の自由がさまたげられるというのは、要するに、愛が足りないために、愛にそむいた行動をした場合で、その場合に良心がとがめるのだ。愛というものの中には正義も当然含まれている。つまり人類社会を愛する念が足りないから正義にそむき、従って良心がとがめるということになるのだ。

N君、これは君の気持にピッタリするだろうと思うから、一つの例としてミケランゼロの逸話を挙げよう。ある日ミケランゼロが友人と郊外を散歩していた。野原に苔むした黒っぽい石がころがっている。それを見たミケランゼロが「この中に美しい女神が虜にされている。僕はこの女神を救い出さなければならん。」と言った。友人は、その石がどういう石であるかもわからず、またミケランゼロがどういうつもりでそんなことを言ったのかも、その時は理解できなかった。

ところが、それから数日の後、ミケランゼロは、人夫を雇って、その石を自分のアトリエに運びこみ、セッセと鑿（のみ）をふるいはじめた。そして何箇月かの後には、アトリエの中にりっぱな大理石の女神の彫像が刻みあげられていたというのだ。これは単に美術家が気に入った石を見つけて、自分の思う通りの像を刻んだというだけのことではなく、人生に生きてゆくわれわれの態度に大きな暗示を与える話だと思う。

いったいこの世の中には、われわれの周囲を見渡してもわかるとおり、最初から見事に光っているものは決して現われていない。どこもかしこも暗黒面ばかり、いやなものばかりで、ちょうど黒っぽい苔むした石っころのような感じがする。ところがミケランゼロはその中に美しい女神を見出した。それはどうしてかというと、ミケランゼロ自身の心に、すでに理想的な女神の姿が描かれていたからである。単に黒っぽい石を見ても、彼はすぐに女神の姿を思いうかべ、その石に鑿をふるって、りっぱにそれを刻みあげようという願いをおこしたのである。

この女神の像をわれわれの問題に当てはめてみると、それは人生愛だと思う。農村の青年たちの心に人生愛がもえており、本気になって自分の良心を磨きあげてゆこうとする気持がありさえすれば、いやな思いばかりさせられる周囲の社会でも、それをりっぱなものに刻みあげることができる。どうせこの世の中に、はじめから理想的なものがあるわけがない。良いものは汚いものの中に隠されている。それを愛情をもって救いあげてゆくのがわれわれの対人生態度の根本だということを私は強調したい。N君、今の農村青年にこの点を深く認識してもらえるだろうか。

次の問題に移ろう。それでは、愛にそむかない心はどういう形で現われてくるだろうか。その一つは独創の能力だ。愛があれば自分の力で自他のために何か仕事がしたくなる。それが独自の能力を発揮することになる。もう一つは調和の能力だ。尤も煎じ詰めると、独創力の発揮そのものが同時に調和力にならなければ真の意味で独創力とはいえないから、特に調和力ということをいう必要もないようであるが、しかしここでは、常識的に独創の能力と調和の能力との二つにわけて考えて見たい。

独創能力を発揮するために必要なのが、今日いわれている自主性、つまり、自分の信ずるところをあくまで曲げない精神だ。N君、こゝでまた一つ例を挙げて見たい。それは君が幼い頃読んだことがあるかもしれないが、御存じのアンデルセンが書いた童話で、『裸の王様』という話だ。ある国の王様が外国から来た旅の織物師にだまされて、賢者の目には見えるが愚人の目には見えないような着物をこしらえてもらった。王様は、それを着て行列をすることになったが、さて自分の前にさし出された着物が、さっぱり自分の眼に見えない。はて、おれは賢者のうちには入らないのか、とぎくりとした。しかし、正直に見えないと言ってしまったのでは、臣下が自分を尊敬しないだろう。そう思って、王は、見えるふりをしてその着物を着る。実は何もないのだから丸裸なんだが、着たつもりでいる。家来たちも、王様が着物を着ているようには見えないけれども、やはり自分が馬鹿だと思われるのがいやだから、見えるふりをする。そして国内に、このたび王様が、賢者の目には見えるが愚人の目には見えない着物を着て行列をなさるというお触れを出した。それが国中の評判になり、いよいよ当日になると、行列は堂々と城門を出て、行進をはじめた。誰にもその着物が見えない。

ところが、行列を見ていた一人の子供が、王様は裸だ、と言いだした。子供は正直だから、見た通りにいったのである。するとその子供の父親は、なるほど自分にも見えない、子供が「裸だ。」というのだから本当に裸かもしれないと思った。で、隣の人にひそひそ声で「王様は裸だ、と子供がいうんですが、あなたにはどう見えますか。」とたずねる。「なるほど、そう言われてみると、裸のようですな。」とこたえる。それが次から次へと広まって、とうとう王様の耳にも聴こえてくる。王様も、なるほどこれは人民共のいう通り裸かも知れないと思われた。しかし今さら裸であることを自認しては国王の権威にかかわる。そこでとうとう裸のまま行列をやりとげてお城に帰られた。というのが『裸の王様』の筋だ。

君もこの童話を読んだ時には、面白いと思ったにちがいない。しかし、ただ面白いだけではもったいない。考えようでは、これはわれわれに対する非常に厳しい警告なのだ。というのは、今まで、われわれは、実際にはそうでないと思っていることでも、自分の利益のために権力者に調子を合わせて、そうであるといって来た。つまり自主性がなかったのだ。これからの青年は、まず何よりもこの迷いからさめなければならない。もっともこうしたことは戦後の教育指導によってていくらかはよくなって来た。しかしまだまだ本当の意味で自主性が恢復されたとはいえないようだ。現に多くの青年たちは、流行を追うて、右に行き左に行きしている。一ころは左に行く人が多かったが、それが、本当に自主性をもってそうなっていたかというと、必ずしもそうではなく、やはり一つの流行を追っていたに過ぎなかったのではないだろうか。その意味で、自主性はまだ決して恢復できていない。ただ権力に反抗することが自主性だと考えている程度のものではないかと思う。

ところで、自主性とか、独創力とかいうことばかりを強調していると、今度は調和力の方がだんだんなくなって、せっかくの自主独創がばらばらなものになり、各人めいめい勝手なことをやるようになる。孔子は「心の欲するところに従って矩（のり）を踰（こ）えず」といったが、心の欲するところには従うけれども、矩（のり）を踰（こ）えないという方は無視するというのでは困る。本当の良心の自由というのは、心の欲するところに従って矩（のり）を踰えないというところまで行かなければならない。

私は繋留気球（アドバルーン）を見ていつも思うことだが、アドバルーンというものは上に昇る性能を持っている。これがアドバルーンの独自性であって、それによってアドバルーンの役割を果している。ところが、上に昇るだけでアドバルーンとして完全であるかというと、そうではない。一方それが大地に繋がれているということが大切である。大地に繋がれていないと、アドバルーンとしての役割を完全に果すことができない。一方には、上に昇るという独自の能力があり、同時に他方には、それが大きなものに繋がりを持っているというところに、アドバルーンの存在の意義がある。綱を切ってしまったら意義がない。と同時に、昇る力を失っても意義がない。すなわち、独自性がなければならないと同時に、大きなものに関連して、それと調和する力がなければならないのである。

さてN君、こゝらで実際問題に入ろう。——まず独自性を養うには農村の青年は何をしたらよいかということだが、それには、何といっても『一人一研究』が一番いいと思う。これはずいぶん以前から唱導されて来たことで、一人が何か一つの研究物を持つことだ。自分の職業に即したことであれば何よりも結構であるが、農村の青年だから必ず農業に関係することでなければならないということもないだろう。村全体の将来の進展という立場から考えて、自分の能力にふさわしいことであったら何でもいいと思う。とにかくどの農村青年も何か研究物を持っている、ということが大切だ。

もう一つは、アメリカ側からの示唆によって、グループ指導というか、同好会式のものが盛んに行われているようだが、農村の生活というものを広い立場から考えて、一人が一つの研究を持つということばかりでなく、同好の士が集まって、芸能、スポーツ、その他のことを錬磨し研究するということも、独創能力を発揮する一つの道だと思う。

そういうことが農村の青年たちの一つの気風になってくることが望ましいが、それと同時に、同好の士ばかりでなしに、種類の異なった人たちというか、お互いに趣味も合わない、気質も合わない、また仕事の上で直接にはさほど深い関係のない人たちが集まって、協同的に何かやるという訓練を積むことも必要だ。これは独創力と並んで調和力というものを本当の意味で養って行くという点からいって、極めて大事なことなのだ。

だから、趣味がどうであろうと、特有技能がどうであろうと、個人としての意見がどうであろうと、とにかくその地域の青年が集まって、村なり部落なりの生活をどうするかという共同の目標を見出し、その将来を考える組織を作り、その組織の中で本当の社会人を養ってゆくようにしたい。単に自分の好みに従って仲間をつくるというだけでなくて、好むと好まざるとにかかわらず、同じ地域に住み、その社会を守り育ててゆかなければならない責任を持っている人たちは、一しょに集まって、いろいろ話合いをするという機会を、自ら進んでつくるべきではないかと思う。

N君、ここいらで文化運動ということについて考えてみよう。今の農村文化運動には二つの極がある。一つの極は、農村の現在の文化よりも非常に高い程度のものを持っていって、それをそのままぶつけるという文化運動だ。文化の非常に高い理想を住民に示すことによって何かの刺戟を与えるという点では、それも無意味でないだろう。しかし、農村の人たちに、ベートーヴェンやショパンを聴かせたり、すばらしい絵画展覧会を見せたり、高尚な講演をきかせたりすることは、実生活との距離があまりに遠すぎて、せっかくの理想が理想にならないのではないだろうか。こういう極端な文化運動、つまり一人よがりの、あるいは同好の士だけでやるのが適当なようなものを、文化運動と称して農村に持ってゆくことは無意味だと私は思っている。

農村文化運動のもう一つの極は、現実の生活を認めて、その中で、その現実よりも僅かに一歩だけ高い欲望を起させる運動だ。私は農村の文化運動はこの極から始めたいと思う。炊事場が現在のようではいけない。主婦たちにちょっとした刺戟を与えれば、なんとか改善したいという欲望を起してくる。そんなふうにして、現実よりもわずかに一歩だけ高い欲望を起させること、これがほんとうに生きた文化運動ではないだろうか。

そのためには、まず時間の余裕を得させるということから始めなければならないと思う。例えば、労働や衣食のために費す時間があまりに長過ぎて、文化どころの騒ぎではないという声をよく聞く。それならそれで、その時間をいくらかずつでも省いてゆくようにするためには、どうしたらよいかということを考える。こういうことは年寄ではだめだから、やはり若い人たちが熱心に研究する。そうするとどうしても協同化とか科学化とかいう問題にふれて来る。それにはもちろん中心になる指導者がなければならない。足が地に着かないような指導でなしに、必然的に実生活にふれてくるような指導が欲しい。こんなふうに時間の余裕をどうして取るかという一つの題目を与えただけでも、これが真面目に研究されてゆけば、そこから農村文化というものが展開されて、次から次へと欲望が向上し、一歩々々といろいろな改善の道が生れてくるのではないかと思う。

文化運動といっても、何もはじめから高尚なことを考えて、芸術、思想、哲学といったような御馳走を並べたてる必要はない。実際生活に即して何か痛切に感じていることを取りあげ、そこから出発していろいろの問題にふれて行く。それが本当の文化運動だ。時間のゆとりをとるためにはどうすればいいかという問題などは農村では第一に取りあげらるべき問題ではあるまいか。賛成だったら、君の村でそういうことを中心課題としてみっちり相談して見てくれたまえ。

そういうふうにしてゆくと、その村独自の文化も自然に生まれてくるのではないかと私は思う。どうも今日の農村文化運動は切花のようなもので、美しいものを持ってゆくのだから、見た目には美しいと思う人もあるだろうが、それでは根を張らないし、すぐしぼんでしまう。それよりも、雑草でもよいから、その土地に根を生やしたものをだんだん改良して行く。そうすればそこからその農村独自の文化が生まれてくるというわけだ。個人が独自性を持つと同様に、それぞれの町村も独自性を持たなければならないが、それにはそうした文化運動をやって行くことが必要だ。全国一律の文化運動であっては生命がない。このごろ方々で観光日本々々々々といって千篇一律にその土地を遊覧地化することに狂奔しているが、これはどうかと思う。また日本は、玄関口だけは相当に立派である。東京の中心に行けば西洋にも劣らない建築もあれば設備もある。それに比較すると、台所である農村はあまりにも見すぼらしい。都会と農村との懸隔がこんな風では、文化国家もないものだ。私の理想をいうならば、玄関口はある程度で結構だから、外国人が、日本人の生活の根拠である台所、つまり農村に入って見た時に、たとえ宏荘な建築や優れた景色は見られなくとも、住民の一人々々が生き生きとして独創能力を発揮しつつ、調和的な生活を営み、美しい人情と知性とにあふれていて、非常に気持よく感ずるという風にありたいと思う。

農村がそれぞれ独自な協同社会を見事に建設して行くところに、日本の農村文化が世界の文化に通ずる道があり、そしてその道を進むことによってのみ、農村と農村人の真の幸福が得られ、しかもそれが、真の意味における文化日本、観光日本を建設する所以であると私は確信するが、君のそれに対する考えを、率直にきかしてもらいたいと思う。そしてもし君が私の意見に賛成であるならば、まず君自身、一個の人間として、良心の自由を確保し、独創力と調和力とに秀でた人物になることからはじめてもらいたいと思う。

社会人としての生活態度

――卒業前のある学生に与えた手紙――

K君、お手紙ただ今拝見、いよいよ君の卒業の日もせまり、就職口もすでに決定しているとのこと、ともかくもおめでとう。「ともかくも」はよけいではないかと君に叱られるかも知れないが、私のほんとうの気持は、そうでもいうよりほかにいいようがないのだ。君は今、新しい出発点に立っている。その意味で、むろん私は君の前途を祝ってやりたい。だが、学窓を出て実社会に旅立つものにとって、今の時代ほど危険で、陰惨な気持のする時代はないのだと思うと、晴れやかな気持で、無条件に心から君を祝ってやる気には、どうしてもなれないのだ。

しょっぱなから陰気なことを書いて、まことに相済まない。しかし私は無意味にこんなことを書き出したのではない。君は、君の手紙で、君がこれから社会人となるについて私にアドヴァイスを求めて来ているが、それに対する私の答を正しく君に理解してもらうためには、私のこの気持、つまり私が世間なみのお座なりの気持で君の門出を見おくっているのではない、ということを、先ずもって理解してもらうことが必要だと思うからだ。

そこで、これからが君の手紙に対する私の返事だが、先ず第一に君に知っていてもらいたいのは、学窓生活と実社会生活との根本的なちがいはどんな点にあるか、ということだ。むろん、学窓生活も人間の集団によって成立っている以上、たしかに一つの社会生活ではある。そこには縦と横との人間関係を規制する諸法則がなければならず、その諸法則が守られるか否かによって、生活の秩序と平和、進歩と幸福とが決定されることは、いうまでもない。だが、われわれは学窓生活を一般の社会生活と区別して、それを特殊なものと見ている。それには何か大きな理由がなければならないが、それは果して何だろうか。

私の考えるところでは、それは主として、学窓生活者が単なる消費者であって、まだ生産者ではない、ということにあるだろうと思う。つまり学窓生活者は先ず第一に、父母をはじめ家庭の人々の配慮と経済力とを消費する。第二に、一般社会乃至国家の配慮と経済力とを消費する。そして第三に先生の精力と時間とを消費する。しかし、まだ何も生産はしない。もし、知能とか徳性とかいうような、将来生産に役立つ能力を身につけることを生産といいうるならば、その意味ではたえず生産しているといえるだろう。しかし、日日の働きの結果を直接社会的に役立てるという意味では、何も生産しないのが、むしろ学窓生活の本筋なのだ。むろん、私は、学窓生活の間に、宗教的、社会事業的方面で活動したり、思想・文学・芸術の方面で何かの業績をあげたり、その他いろいろと、実社会に足をふみ入れた活動をやっている者があるのを、知らないのではない。また、この頃の学生の大多数が、いわゆるアルバイトによって実社会に密接に結びついていることもよく知っている。だが、そういうことは、学窓生活者としてはむしろ異例であり変態であって、社会一般が当然なこととして期待していることではない。ことにアルバイトの如きは、広く一般社会人によってそのあまりな変態ぶりが憂えられているくらいなのだ。とにかく学窓生活は、原則的には、社会から生産という代償なしに消費を許されている生活であり、ただその消費が将来の生産のために有効であるということだけが期待されているのだ。そしてそこに、学窓生活と、生産しなくては消費を許されない謂ゆる実社会生活との根本的なちがいがあるわけだが、このちがいをはっきりと認識することが、君にとって、先ず第一に大切なことではあるまいか。

更にもう一つ、これはまえのことから必然的に結果することで、わかり切ったことだとは思うが、念のためにいっておきたいことがある。それは生活と時間との関係についてだ。学窓生活においては、君は大体において君自身で君の時間を支配することが出来たと思う。とくに大学に進んでからは、学校で定められた聴講の時間でさえ、君は君自身の判断、もしくは好みによって、自由に他の目的に使用することが出来たのだ。ところが、実社会の生活においては、絶対にそういうことが許されない。君の時間の大部分は君の職業が決定し、社会が決定する。君が、これだけは当然自分の自由になる時間だと思っていても、それがそうならない場合さえ非常に多い。実社会というところは、学窓とちがって、その点ではおそろしく厳格だ。苛酷だとさえいえるほど厳格だ。それは、一つには、実社会そのものの組み立てなり慣習なりに、まだ何か大きな欠陥があるためだとは思うが、かりにその欠陥がのぞかれたとしても、やはり学窓生活のように時間が自分の自由になることは絶対にあり得ないことだ。一旦社会人として君等をうけ入れた以上、君等をしてその日その日に何等かの役割を果させることは、絶対の要求であり、そしてそのためには、時間の支配権を社会自身が握っていることが必要だからだ。

これだけいえば、君はもう、君が社会に立つ上の根本の心構えだけはつかみ得たことだと思う。つまり君は、これから単なる消費者ではなく、同時に生産者でなければならないのだ。いいかえると、生産しなくては消費を許されない生活に入るのだ。君がこれまで君自身の手に握っていた時間の支配権の大部分を社会にゆずらなければならないのだ。

こういうと、或いは君はいうかも知れない。「では、社会人になるということは、人間としての自由を失うことなのか。」と。なるほど自由という言葉の解釈次第では、まさにそのとおりだ。だが、自由とは果して消費生活についてのみいえることかどうか。もし消費生活の自由のみが人間の自由の全部であるとするなら、なるほど生産しなくては消費を許されない生活や、時間の支配権の大部分を社会に握られている生活は、不自由極まる生活だというの外ない。しかし、私の信ずるところでは、人間生命の本質は物心両面におけるその創造力にある。従って、人間の真の自由とは、創造の自由であり、創造のための良心の自由なのだ。

この私の考えが正しいとすると、消費生活の自由のごときは、それがいかほど願わしいものであろうと、真の自由のための一条件にすぎないし、もしそれが生産に対して何の役割も果さないか、或いは却って生産を阻害するものであるならば、当然制限さるべき性質のものなのだ。とにかく、学窓生活を出て社会人になるということは、決して自由の世界から不自由の世界に入ることを意味するものではない。人間生命の本質を知る者にとっては、それこそ真の自由への第一歩なのだ。

むろん、こういったからとて、私は何も消費生活の自由を本来悪だと考えているのではない。それどころか、原則的には、創造生産の自由は、時間や労力や経済力の消費の自由に比例するものだとさえいえるだろう。だから消費の自由が最高度に許されることが本来望ましいものであることはいうまでもないし、むしろ、社会がその成員に対して、生産を条件として消費を許したり、彼等の時間の支配権を握ったりすることこそ、却って大きな害悪であるといわなければなるまい。だが、それはあくまでも原則的にいえることであって、現実に即していえることではない。現実、とりわけ現在の日本の現実は、あらゆる面における消費の自由を制限する覚悟を新しき社会人たる君らに要求しているのだ。もし君らがそれを不合理だと考え、矛盾だと感ずるならば、君らは、君ら自身の力によって、その不合理や、矛盾を解消すべきであり、それもまた、いや、そういうことこそ、まさしく創造生産の生活であり、真の自由にいたる道だと考えなければならないのだ。

いうことが少し理窟めいて来たが、要するに、君は、君がこれまで学窓生活において享受して来たような消費の自由を、これからの生活に期待してはならない。君のこれからの生活は生産第一であり、消費は生産に必要なかぎりにおいて最少限度に許されることなのだ。

そこで、君にとって次に大切なことは、生産者としての生活態度を確立すること、つまり、生産活動を最も効果あらしめるに必要な原則を把握し、それによって君の生活を規制することでなければならないが、では、その原則とは何か。それにはいろいろの考え方があるだろう。だが、私にいわせると、それはただ二つのことに帰着すると思う。その一つは創意工夫であり、もう一つは調和協力だ。

さきに私は、人間生命の本質はその創造力にある、といったが、いやしくも人間である以上、何ほどかの創造力をもっていない者はない。ところが、その創造力を、仕事の上に自発的積極的に発揮している人間は極めて少いようだ。万やむを得ない事情に強要されないかぎりは、過去の仕来りに従い、惰性に流されて、おきまり通りの仕事をして行くというのが、まず大ていの人の生活態度のように思える。しかし、それでは真の社会人とはいえない。少くとも、すぐれた社会人だとはいえない。なぜなら、そうした人々によっては、心的にも物的にも、進歩を意味する生産が不可能だからだ。私は、君がそうした程度の社会人で満足することがないように望む。そしてそのためには、君が四六時中、君の知力と意力の全部を傾けて、積極的に君の創造力を刺戟し、任務の遂行のためにつぎつぎと新しい工夫をこらすことを願ってやまないのだ。

これは最近私がある貿易会社をたずねて実際に見聞したことだが、一事務員が外国に出す航空便の封をするまえに、その手紙の余白をごくわずかずつ鋏で切りとっていた。理由をきくと、それだけ切りとっただけで二枚はる切手が一枚ですむのだという。あとで、社長が私に話したところによると、その事務員は、航空便の切手の節約を工夫することによって、大よそ自分の俸給を生み出したばかりでなく、たえず事務上のことについて新工夫をこらし、時間的に、経済的に、会社の運営に貢献している点が少くないということであった。

これは一営利会社の事務室の片隅での一小事例に過ぎないが、その心構えだけはあらゆる職種の社会人に学ばれてもいいことだと思う。事の大小をとわず、こうした創意工夫の集積によってこそ社会の進歩があり、そして社会の進歩をうながす心的物的の生産であってこそ、真の生産だといえるのだ。


ところで、ここに忘れてならないことは、創意工夫というものは、そうたやすく周囲の人々に受けいれられるものではなく、むしろ創意工夫を必要とする社会であればあるほど、そしてその創意工夫が適切であればあるほど、それが却ってうけ入れられない場合があるということだ。

すでにいった通り、大多数の社会人は習慣に流されて安易な生活をすることを好む。これが創意工夫の受けいれられない最も大きな原因だ。

更に、人間には他人の功績に対する嫉妬心がある。この嫉妬心は、単に他人の創意工夫を無視するだけでなく、しばしばそれを理由にして社会を混乱におとし入れることすらあるものだ。

また、かりにそうしたいまわしいことがなく、社会の成員が、至純な気持で創意工夫を楽しむ状態にあるとしても、甲の人の創意工夫と乙の人の創意工夫とが相互に何の連絡もなく行われる場合には、それがそれぞれの部面においていかに価値あるものであろうと、却って社会の全一的運営を妨げ、混乱の原因となる場合が決して少くないということも、忘れてはならないだろう。

こうしたいろいろの場合を考えて来ると、社会人として生産活動を効果的ならしめるに必要な原則として、創意工夫と相並んで、当然考えられることは、調和協力ということである。

創意工夫は主として君の知力と、その知力を駆使する意力とによって決定されるが、調和協力は、主として、君の情操にまつところが多いから、君はたえず君の情操をなごやかにし、慈顔愛語を以て人に接することを忘れてはならない。他人の過失に対しては、それを責めるよりも、それを補うことに努力すべきだ。

むろん他人の長所を認識し、その創意工夫に敬意を払うことを、決して忘れてはならない。かりに、論理的には君の創意工夫が他人のそれよりまさっているとしても、一歩をゆずることが、却って全体の進歩のために有効な場合もあるということも、記憶していていいことだ。

個々人の創意工夫、これが生産生活の、従って社会生活の第一歩である。しかしそれは第一歩であって、決してその全部ではない。真に満足すべき生産生活は、個々人の創意工夫を総合し調和することによって、社会を全体として前進せしめることでなければならないのだ。

私が、君の社会への門出にあたって、とりわけ民主主義の曲解によって混迷の極にある現在の社会への門出にあたって、君に望みたいことは、要するにこの数語につきる。切に御健闘を祈ってやまない。

真理に生きる

百足虫の悲哀

自己を生かす最上の道は、惜みなく自己に死ぬことである。独創とは、しりぞいて小さなおのれを死守することではない。自他を絶した境地にこそ、真に偉大な独創が生れるであろう。

一

細長い棒を地につきさして、それに一ぴきの百足虫を這わせると、百足虫は、まっしぐらに棒の尖端までのぼりつめる。さて、昇りつめて見ると、それからさきは空である。百足虫に、竜のような昇天の霊力がないかぎり、それからうえには、なんとしてものぼれない。

そこで、かれは仕方なしに、道をうしろに求める。ところが、棒が小さすぎて、かれのからだで一ぱいになっているので、自分自身のからだの上を這わないかぎり、どこにも行く道はない。自分のからだの上を這うことは、われわれ人間に出来ないと同じく、百足虫のような細長いからだをもった動物にも、とうてい出来ない芸当なのである。

この場合、思いきって、その百本の足をことごとく棒から放してしまえば、かれは、ひろびろとした大地に落ちるであろう。そしてそこに、かれは自分の欲する道を、いずくへでも自由に求めることが出来るであろう。

ところが、百足虫は決してそうはしない。かれは、あくまでも、道は棒の尖端からどこかにつづいているもの、と思いこんでいるらしく、いつまでも空をさぐりつづける。日が暮れても、夜があけても、雨がふっても、日が照っても、自分の足で抱きしめている細い棒のさきの、ごくせまい範囲の空だけをしつこくさぐりつづける。それは、見ようによっては、実に感激にあたいするほどの根気である。

このごろ、人間の世界に、時々見かける煙突男のように、いくらかの食料をもって、じっと毛布か何かにくるまっているのとちがって、まるっきり飲まず食わずで、頭をふりつづけるのだから、まったくもって驚かざるを得ないのである。

しかし、いくら百足虫の生活力が強いといっても、それが無限につづくわけのものではない。その滞空記録は、煙突男よりはるかにまさっているとしても、早晩、かれの足の力が、かれのからだの重みをささえるには、弱すぎる時が来るのである。その時期が、七日目であるか、十日目であるか、十五日目であるかは、百足虫の年齢と、天候、その他の事情とによって、いくらか違うであろうが、結局、地上に落ちて来ることに、間違いはないのである。

ところで、こうして地上に落ちて来ることは、遺憾ながら、百足虫にとって、決して新天地を開拓することにはならない。というのは、多くの場合、百足虫は落ちる前にすでに死んでいるし、たまたま生きているとしても、もはやその足は、自分の欲する進路を自由に選むだけの力を失っているのだから。

二

あわれな虫よ、とわたくしは、こうした百足虫の習性についての話をきいた時に、思った。そして、そんな小さな棒に、百足虫を這いのぼらした実験者の残酷さを、多少、不快に思わずには居れなかった。

だが、よくよく考えて見ると、あわれなものは、決して百足虫ばかりではない。人間もまた、いろいろの意味で、小さな棒を、せっせと這いのぼるようなことをしたがる動物なのである。

わたくしは、今さらあらためて、煙突男のことをいおうとしているのではない。煙突男というものは、たいてい、のぼる時から、下りる時のことを考えているものなのである。自分が煙突の頂上に飢えるのを、黙って見ているような世間でないことを、彼はよく知りぬいている。だから、こういう種類の人のことについては、そう心配しなくてもいい。わたくしのもっとも気がかりなのは、「自我」という小さな棒を、がむしゃらに這いのぼって行く人たちのことである。

「自己に目覚めよ」とか、「独自の道を進め」とかいう言葉は、人間を、価値の創造者たらしめるために唱えられた言葉だと思うが、不幸にして、これらの言葉の意義を、正しく理解している人々は、きわめて少いようである。おおくの人々にとっては、自己に目覚めることは、他人のことを忘れることであり、独自の道を進むことは、他から学び、他と共に歩むことを拒むことなのである。

こうして彼らは、百足虫のように、小さな自我の棒をのぼりはじめる。無論その棒は、隣人とか、社会とかいう大地から、ほとんど養分を吸上げることがないので、伸びもしなければ、ふとりもしない。いわんや、枝を出したり、花を咲かせたり、食物になるような果実を結んだりする気づかいは、永劫にない。だから、とどのつまりは、ひからびた棒の尖端で、首をふりふり、空を探りながら、自分もまたひからびはてて、死ぬよりほかに行き道がないのである。

三

大むかし、原人アダムとイヴとは、蛇の誘惑にあって、禁断の知慧の木の実を喰ったために、自分を見る眼がひらけて、今まですこしも恥じなかった裸体を、ひどく恥じるようになったそうである。裸体を恥じたのはいい。恥じることは、まさに人間らしくなる第一歩なのだから。しかし遺憾なことには、彼等は自分を見ることだけに気をとられて、すっかり神を見失ってしまったのである。「我在り」と悟ったその「我」は、神とはまったくかかわりのない我であったのである。そこで、彼等はエデンの国を追われて、棒のぼりの百足虫と同じように、不安と懐疑にみちみちた生活を、未来永劫、営まねばならなくなったのである。

自己に目覚めるのもいい。独自の道を進むのもいい。だが、その自己は、親兄弟や、隣人や、社会や、国家や、世界や、神やから、切りはなされたものであってはならないはずである。

真の意味での自己とは、過去、現在、未来のさまざまの因縁と、かたく結ばれているものなのである。もしそれを疑うならば、自分の肉体と精神との内容を、よくよく検べて見るがよい。真に自己本来のものだといいうる部分が、果してすこしでもあるだろうか。周囲との因縁を洗いおとして、そこで見出された自己、それは観念の遊戯から生まれた、実体なき幻影に過ぎないではないか。少くとも、人生という大地に根をおろした生命とは、何のかかわりもない、ひからびた、一本の棒ぎれに過ぎないのではないか。

こう考えて来ると、自己に目覚めることは、やがて社会人生に目覚めることでなければならない。自己の道を進むことは、やがて社会人生の道を進むことでなければならない。自己を愛し、はぐくみ、育てることは、やがて社会人生を愛し、はぐくみ、育てることでなければならない。そして、そのためには、われわれは、観念の遊戯に過ぎないひからびた自我の棒を、いつまでも這い上るよりは、むしろ、それから思い切って飛びおりることが大切なのである。

自己に思いあがる者は、自己の内容を涸渇せしめ、自己の行く道を狭ばめる。真におのれを虚うして、大地に身を横たえる者のみが、自己建設のための無限の食糧と、自由無礙なる進路とを見出すことが出来るであろう。

独創とは、しりぞいて小さなおのれを守ることではない。それは、たえず進んで取り、且つ与えることなのである。キリストはこのことについて、われわれに次のような教えをたれている。

――「おのが生命を救わんと思うものは、これを失い、わがためにおのが生命を失うものは、これを得べし。」と。ここにいう「わがために」とは、神の子たるキリストのために、であり、それはやがて、世界人類のために、というに等しい。

四

菩薩の半眼ということがある。仏教者はこれをどう説明するか知らないが、わたくしにいわせると、それは内界と外界との無礙なる交通を象徴したものだと思う。

菩薩にとっては、われを見ることは、やがて仏を見ることであり、われを愛することはやがて衆生を愛することである。菩薩の眼は、仁王や、閻魔や、天狗の眼のように、決して周囲を睨めまわさない。かといって、かたく瞼をとじて、一切を見じとつとむるかたくなな眼でもない。それは、内を見ると共に、常に外を見ている。そのなかば開いたしずかな眼から、仏や、衆生や、一切の因縁やが、音もなく出はいりしているのである。この大宇宙、大人生が、その瞳をとおして、いかにも安らかに息をついているのである。こうして、菩薩は、恍惚として大いなるものの中に溶けこんでいる。しかも、決してその端厳な独自の姿をうしなわない。いな、大いなるものに溶けこむことこそ、菩薩をして、かくも端厳ならしめたゆえんなのである。

ひからびた自我の棒から飛び下りよ。

糧を大地に求めよ。

そして大地のために、大地の上で、おのれを忘れてはたらいて見よ。

そこに、こんこんとしてつきざる人生の味わいが湧きだして来るであろう。そして、その味わいを一度あじわった上で、あらためてわれわれは、「自己に目覚めよ」、「独自の道を進め」、「独創的であれ」、というような言葉に、とくと耳をかたむけて見たい。その時こそ、これらの言葉は、も早や、エデンの園の蛇の誘惑ではなくて、歓喜と、光明と、力にみちみちた、まことの神の声として聞かれるであろう。

法眼と玄則

物の真相は、我執の塵を払拭し去って、心裏まことに虚しき時にのみ、把握される。魂の飛躍は、さかしき知慧のはからいを捨てて、一心帰命の棄私に徹した時にのみ実現される。かるが故に、自力聖道に生きた永平道元にすら、ただわが身をも心をも放ち忘れ、仏家に投げ入れてこそ、はじめて生命を離るるの分あり、との慈誨があるのである。

一

「監寺(かんす)を呼べ」

法眼(ほうげん)は、いつにない厳しい声で、侍僧に命じた。――法眼というのは、支那唐代に於ける禅門の偉材で、五百人の善知識と伝えられた達人であった。

法眼の会中に、玄則が監寺の役目をつとめることになってから、すでに三年になる。然るに玄則は、まだ一度も、法眼に向って悟りの道を問うたことがない。それどころか、どうかすると、師を凌ぐような振舞さえちらちら見える。そこで法眼も、とうとう黙っては置けなくなったのである。

やがて、玄則がはいって来た。彼は、法眼の眼に、ふだんとはちがった輝きがあるのに気がついたので、いくぶん警戒はしながらも、いつものとおり、落ちつきはらって座についた。

「そなたが拙僧のところに来てから、もう何年になるな。」

法眼の言葉は、案外もの柔らかであった。

「まる三年でございます。」

「ほう、もう三年になるかな。ところで、そなたが拙僧に仏法を問うたことは、まだ一度もないように思うが、如何じゃな。」

「仰せの通りでございます。」

玄則は、一見恐縮したように、それでいて、どこかに昂然たる心持をひらめかしながら答えた。

「お前は後生(こうせい)じゃ。それに一度も拙僧にものを訊ねないというのには、何か仔細があろう。差支えなくば、聞かしてはくれまいかの。」

法眼の声は、相変らず静かであった。

「仔細といっては別にござりませぬ。ただ、おたずね致すような疑問も、別にござりませぬので……」

「ほほう。すりゃ、もうすっかり仏法を了達したと申すのか。」

「さようでござります。」

玄則は、法眼の柔らかな言葉のなかに、何か気味のわるいものを感じながらも、持ち前のきかぬ気で、きっぱりといい放った。

「後学のためじゃ。どうして了達したか、聞きたいものじゃの。」

「実は、こちらに参ります前に、青峰禅師のもとで修業をいたして居りまして、……」

「うむ、そのことは、よく拙僧も存じている。青峰は達人じゃ。さぞかし、よい語を授けたであろうな。」

「ある時、いかなるか、これ学人の自己、とおたずねいたしましたところ、……」

と、玄則は得意そうに語り出した。――学人の自己というのは、求道者の心といったような意味である。

「うむ、して、青峰は何と答えたな。」

「丙丁童子、来って火を求む、……と、かようでござりました。」

「ほほう、さすがは青峰じゃ。して、そなたは、それをどう了達したのじゃな。どうやら、そなたの力量では、荷が勝ちすぎる語のように、拙僧には思えるが……。」

玄則は、来たな、と思った。ここでうろたえてはならぬと思った。で、顔に微笑を浮かべながら、わざと間を置いて、

「丙丁はひのえ、ひのと、いずれも火でござります。火の童子が火を求めるとは、これ取りも直さず、仏が仏を求め、自己が自己を求めること、と、かように了達いたしましてござります。」

「それで、そなたは入頭の処を得た、と申すのじゃな。」

「さようでござります。それ以来、心に微塵ほどのくもりも湧きませぬ。」

「たわけ者！」

法眼の声は奔雷のように、玄則の耳に落ちて来た。

玄則は、思わず身ぶるいした。しかし、彼の持ち前のきかぬ気が、すぐに盛りかえして来た。そして、きっとなって、法眼をまともに見かえした。

「そのざまは何じゃ。もし仏法がそのようなものであったら、今日まで、よもや伝わっては居らぬぞ。」

法眼の声は、前ほど高くはなかったが、玄則の胸には、大きな石がのしかかって来るように感じられた。

「そのようななま悟りで、よくも拙僧のもとで、三年もの間、ぼやぼやと暮らして居られたものじゃ。鼻もちがならぬぞ。出て行け。出て行けというたら、出て行かぬか！」

法眼の声は、坂をころがる石のように、一語は一語より烈しくなって、玄則に立ち直る隙を与えなかった。

二

玄則が、強いて肩をそびやかしながら、山門をあとにしたのは、それから間もなくであった。

法眼は、

「あいつ、出たきりもどらぬとすると、惜しいものじゃが、それも仕方がない。」

と、心の中で嘆息した。

一方、玄則は、あらあらしく土を踏みながら、山を下っていた。そして、彼の胸に、法眼に対する憤激の情が燃えていた間は、彼の足どりにも、十分の元気があった。

しかし、一丁下り、二丁下りしている間に、そのはかない炎は、襟元から吹き入る夕風のために、だんだんと吸い取られて行くのだった。そして最後に彼の心に残ったものは、涯しもない空虚の感じと、それからしみ出る奥の知れない淋しさであった。

——すでに三年も前に、自分の心は見事に開けていたはずではなかったか。そして、たった今法眼に対して、心に微塵のくもりもないと豪語した自分ではなかったか。それだのに、この淋しさは何事だ。まだ心が曇りだらけだった頃ですら、これほど深い、大きな淋しさに出逢ったためしはなかったのに。——

彼は、自分の血と肉とが、一足ごとに崩れ落ちるようにすら感じた。そして、とうとう堪えきれなくなって、路ばたの草むらの中にころがっていた石に、腰を下した。石にはひえびえとした露がおりていた。

間近かの樹で、鴉が啼いた。それを最後にして、光も音もない、まっ暗な山が、彼を包んでしまった、彼は黙然として考えにふけった。

——法眼といえば、何といっても五百人の善知識だ。定めし何かの長所があろう。然るに、ただの一度も彼に仏法を問わなかったのは、考えて見ると自分の一生のしくじりだ。求道の心が鈍っているといわれても、返す言葉はない。そうだ、機会を失ってはならぬ。——

三

それから数時間の後、彼は再び山門をくぐっていた。旅装束のまま、法眼の前に首垂れていた彼の姿には、いたましいほどの敬虔さがにじみ出ていた。

「いかなるか、これ学人の自己。」

彼は、恭々しさの限りをつくして、かつて青峰禅師に対して発したのと同じ問を、あらためて法眼になげかけた。

燭の火が、かすかにゆれるばかりで、しばらく答がなかった。玄則は、おずおずと眼をあげて、法眼を仰ぎ見た。

法眼の眼には、湖の底から静かに浮き上って来るような微笑が湛えられていた。そして、世にもやさしい、柔和な声が、その唇から、水のように流れ出た。

「丙丁童子、来って火を求む。」

その声は、玄則の耳から胸へ、胸から腹へ、そして一本一本の髪の毛の先にまで、しみ透って行った。同時に、玄則の全身に、明るさと温かさが、白昼に雨戸を開けた時のように流れこんで来た。

玄則は、躍り上りたいほどの心を、じっと押さえて、法眼の前にひれ伏した。

「玄則、見事じゃ。」

法眼はそういって、さわやかに座を立った。玄則も、そのあとについて、しずしずと廊下に出た。

ひそまり返った庭の隅からは、すみ切った虫の音が流れて、満天の星を瓔珞のようにふるわしていた。

四

同じ問いに対する同じ答えが、玄則の心に、どうしてかほどまでに違った響きを伝えたか。それを解きうるものは、玄則自身の心でなければならない。しかし、ここに凡愚の私見をつけ加えることを許されるならば、わたくしはこういいたい、

――頭と胸とは違う。知識上の了達は、必ずしも心意上の了達ではない。そして、まことの生命の力は、心意上の了達によってのみ得られる。――と。

然らば、玄則が、知識上の了達から、心意上の了達へ飛躍し得た秘密は何であろうか。それは簡単である。

曰く、謙虚。曰く、滅我。曰く、一心帰依。

言葉は簡単であるが、その実現は容易なことではない。さすがに玄則は、道を求めて倦まざる勇猛の士であった。彼は、人間にとって最大の敵たる我執と傲慢とを、ものの見事に打ちやぶって、百尺竿頭、さらに一歩を進めることが出来たのである。

苦労人

人間界のすべての法則は、体験によって、その最後の磨きをかけられる。

そして、この最後の磨きをかけた法則の所有者、いいかえると、法則を法則と感じないまでに、その法則を身につけ得た人こそ、真の苦労人である。

苦労人は、おのずからにして大法に生きる。大法に生きるとは、心の至深所から湧き出す自他不二の愛に生きることである。

一

私が兵隊に行ったころに教わったことで、今でもおりおり思い出すことが、一つある。それは、射撃の場合の眼心手の一致、ということである。

射撃では、照準をする眼の働きと、引鉄を締める指の働きと、自分の気分とが、ぴったり一致して、無意識のうちに弾丸が飛び出すようになるのを、理想としている。もし、「そら、照準が出来た。引鉄を引くのは今だ。」という工合に、はっきり心に意識するところがあって指を動かすと、いわゆる「ガク引」ということになって、弾丸はめったに的にあたるものではない。これに反して、無念無想の気持になり、じっと照準をしながら、右手をじりじりと握りしめて行くうちに、思わず、ずどんと飛び出した弾丸なら、たといその瞬間、照準が狂っていた、と思うような場合でも、案外いい点がとれるもので、それは実際不思議なくらいである。

とにかく、射撃では、自分の意志を強く働かして、無理な細工をやることは、絶対に禁物である。自分と鉄砲とが別々のもので、自分の心で鉄砲を動かしているんだ、といったような、差別意識が強く働いている間は、まだまだ射撃の名手たるには遠い、といわなければならない。自分も、鉄砲も、的も、ただ一つに溶けあった、いわゆる主客一如の境地、この境地にひたりこむように心がけることが、射撃上達のこつである。才気ばしった兵隊よりも、ぼんやりした兵隊の方が、却って射撃が上手だといわれる理由も、恐らくこんなところにあるのだろうと思われる。

二

では、そのこ、つ、をどうしてつかむか、というと、それはいうまでもなく、錬磨の功をつむより仕方がない。

無論、射撃には、射撃の法則があるので、その法則を頭で理解することも、非常に大切である。鉄砲が右や左に傾いていたり、照星を正しく照門の中に現わすことを忘れていたり、風や光線の方向を無視したりしたのでは、かりに気分だけは無念無想になり、鉄砲や的と一如になったつもりでも、それは真の主客一如だとはいえない。射撃の法則は、鉄砲の性能に基いて、学問や実験の上から編み出されたものである。従ってその法則が解らなくては、自然、鉄砲の性能を無視する事になり、鉄砲と一如になることも無論出来ないわけである。人間同士にしても、お互に相手の人物をよく理解しないでは、いくら交際ばかり永くつづけても、本当に親しめるわけのものではなかろうと思うが、鉄砲もやはりこれと同じである。

かように、法則をのみこむことは、決しておろそかにしてはならないが、しかし、またどれほどその法則が頭にはいっていても、それが頭の中だけの法則である限り、やはり主客一如というわけには行きかねる。法則は、それが法則と感じられないまでに、しっくり身について、無意識的にそれが守られるようになって、はじめて法則の真価を発揮するものである。また、そうなってこそ、真の意味での主客一如も実現されるわけである。そして、そうなるためには、何といっても、錬磨の功を積むより外には道がない。

三

射撃についていえることは、職業生活や、社会生活についても、また同様にいえることである。功を急いだり、打算が強すぎたり、理論ずくめで押し通そうとしたりすると、とかく仕事に無理が行き、職業と自分とが離ればなれになり、人と自分とがばらばらになって、職業生活にも、社会生活にも、しっくりした気分がなくなってしまう。それでは世の中がうまく行こう道理がない。

で、われわれは、利害を考えたり、理窟をこねまわしたりする前に、職業生活や社会生活に必要だと思われる諸法則を、片っぱしから、つつましく、丹念に実行して、法則を法則と感じないまでに、それらに習熟すべきである。そこに、孔子のいわゆる「心の欲するところに従って矩を踰えず」といったような、主客一如の自由境が開拓され、職業生活にも、社会生活にも、真の意味の成功が、もたらされるのではあるまいか。

こういうと、いかにも、過去に出来あがった諸法則に盲従を強いるようであるが、決してそうではない。先人の遺した諸法則に誤りがないとはいえないのだから、無論、拒むべきは断じて拒み、改むべきは堂々と改むべきである。また、それでこそ、人間生活に進歩ということがあるわけである。

しかし、何を拒むべきか、何を改むべきかは、頭の中で考えた利害の打算や、机上の理論だけでは、決して判断がつくものではない。本当にその判断がつくのは、体験に即して、しみじみとそれらの諸法則の中味を味わったあとのことである。

由来、人間の歴史に苦味があるのも、つまりはその辺に理由があるのである。机の上の打算や論理だけで、人生の諸法則の価値が解るものなら、人間は何も泣いたり血を流したりする必要はなかったはずである。体験は多くの場合苦い杯である。その苦い杯をなめつつ進むのが人間の常道であり、血のかよった真理を摑む道なのである。理論はいつも実践によってその最後の磨きをかけられるものだ、という事を、われわれは決して忘れてはならない。

四

「苦労人」という言葉があるが、これは、実践によって、世の中の酸いも甘いもよく噛みわけた人のことをいうのである。

かような人は、理路整然とものをいうことが出来ないにしても、その断片語がよく肯綮にあたり、事に処して、まことにあざやかな手際を見せるものである。誰にも満足の行くようなもののさばき方は、普通には出来ないこととされているが、それすら、苦労人の手にかけると、案外すらすらとさばかれて行くものである。丁度射撃の名人が、身も、心も、鉄砲も、的も、ただ一つに溶かしこむように、いわゆる苦労人は、周囲の人々を一つの気分に浸りこませて、まかり間違えば、損得の問題や、理くつの言いあいで、摑みあいにもなりかねないところを、極めてなごやかに取りさばいて行くものである。

こんな力がどこから出て来るかというと、それには天賦の才幹や、学問や、思索や、そうしたものも相当の役割をつとめているとは思うが、やはり生きた世間にもまれて、みっちり「苦労」をしたあげく、いわゆる禅機とでもいうようなものを捉えているためではないかと思われる。

五

ここでちょっとつけ足して置きたいのは、いわゆる「八方美人」と「苦労人」とのちがいである。八方美人の特徴は、自分を相手によく思わせて、結局、自分がとくをしようとする心が、意識的にか、無意識的にか、働いている点にある。ところが、苦労人といわれるほどの人は、いつも相手の立場なり境遇なりを、先ず第一に考える。相手に損をさせるにしても、それは、損をさせることが、結局、相手を人間として、社会人として、善くすることになると思うからのことである。つまり、自分がいつでも相手になり代って物を考えてやるところに、苦労人の苦労人たる特徴があるのである。苦労人が、人に好かれたり、尊敬されたりするのも、彼のそうした特徴から生ずる自然の結果で、決して、自分自身でそれを求めているのではない。求めるところがあれば、真の苦労人とはいえないのである。この点、八方美人とは似ても似つかぬ人間の型なのである。

八方美人は、人に好感を持たれるにしても、それは極めて表面的である。決して心から人に信頼されてのことではない。「あの人は八方美人だ。」という言葉をきく時、われわれは、その人が、誰とでも調子の合う、逢って見て一寸気持のいい人であることを想像すると共に、また、誰にも信頼されない、或は、信頼されてはならない、うすっぺらな、利己的な人であることをも想像する。

然るに、苦労人が人に好感を持たれるのは、徹頭徹尾、その人が信頼に値する人物だからである。「あの人は苦労人だ」ときかされると、われわれはただちに、奥行のある、がっちりした、なさけ深い、聡明な人物を心に描く。そして、もしも自分に何かの悩みでも持って居れば、すぐにもその人のところに行って、洗いざらい、心の秘密をぶちまけて見たいような気になる。

こう考えて来ると、八方美人は頼りない人間の標本であり、苦労人は頼りになる人間の標本である、ともいえるのである。

昔の顔役などの中には、力ずくな利己主義者も相当いたことと思うが、後世まで名をうたわれるような、一流どころの顔役、たとえば、長兵衛だとか、次郎長だとかいうような人は、大抵苦労人型の人であったように思われる。無論、今日から見ると、それらの人々の正義感には随分いかがわしいふしもあったようだ。しかし、ともかくも、彼等が自己本位の人間でなかったことだけはたしからしい。そこに、彼等が民衆の人気を博した第一の原因があるのである。

ひとり顔役といわず、武将にせよ、経世家にせよ、商人にせよ、総じて人の上に立つほどの人は、苦労人型の人でなくては叶わぬことである。才幹や、学問や、財力や、閲歴などで、かりに人の上に立つことが出来たとしても、自己中心の野望に動かされて、部下を自分の道具扱いにするようでは、部下の心の深いところに触れることは出来なかろうし、従って、しっくりした全一的な団体活動など、とても覚束ない次第である。

私は、楠正成の伝記を読むごとに、いつも思うことだが、この人こそは、比類まれなる苦労人であったに相違ない。その忠誠や、智謀、胆力もさることながら、天下の大軍を向うにまわして、僅かな手兵で、あのような、真に水も洩らぬあざやかな手ぎわを見せるには、部下の心の奥の奥まで握りしめていなくては、出来ないことなのである。彼は、実に上に対して無私であり、主客一如であったと共に、下に対しても徹底して無私であり、主客一如であった。それが、僅かに四年内外の活動であったに拘らず、彼をしてあのような功績をあげしめた所以であろう。

真の統制は、上からの圧力によって出来るものではない。むしろその反対に、権力感を超越し、一切の作為をすて、自分の心を相手の心に没入させる、主客一如の境地によってこそ、まことの統制は実現されるのである。

つまり、自己を捨てる心こそ、最もよく全体を生かし、全体を生かす心こそ、最もよく自己を生かすゆえんなのである。射撃の場合でも、鉄砲の性能や、的の形状や、天候や、その他いろいろの環境に、先ず自己を没入せしめ、随順せしめてこそ、一切を真に自己のものとなしうるのである。ここでいう「自己のものにする」とは、いうまでもなく、相手を奪うことでなくて、相手を生かすことなのである。相手を生かしさえすれば、おのずからそれが自分のものになり、そしてその結果自分が生きることになるのである。

六

およそ、生きるということは、自分の存在を意義あらしめるということである。自分の存在を意義あらしめるということは、結局、社会とか、国家とかいう人間の世界に、役に立つということである。自分だけが結構な暮らしをしても、それは人間としてほんとうに生きているとはいえない。人間というものは、元来そんな事で心から満足の出来るものではないのである。

だから、ほんとうに生きるためには、自分を捧げなくてはならない。身も心も捧げきってこそ、最高の生活が出来るというものである。またそこにこそ、人間のまことの悦びもあるのである。

この最高の生活に入ることを、仏教では成仏といっている。成仏とは、俗間では死ぬことを意味するが、ほんとうは、死んで生きること、つまり小さな自己に死んで、永遠の自己に生きることなのである。

では、成仏するにはどうすればよいか、といえば、それはやはり苦労をすることである。苦労の仕方にはいろいろあろうが、つまるところは、人類のなやみの中に飛びこんで、そこで自分を練りあげることである。それはまことに辛いことに相違ない。泣きたくもあろうし、わめきたくもあろう。しかし、それをじっとこらえて、練って、練って、練り通すところに、嬉しくてたまらぬ境地が、からりと開けて来るであろう。それが射撃での眼心手の一致であり、仏教ではこれを法悦と呼んでいる。つまり菩薩行から来る悦びなのである。

こう考えて来ると、射撃のような一小技術から、宗教のような人生の大事にいたるまで、その妙境に入るということは、つまり愛に生きるということである。それも、ただの本能的な愛に生きるのではなくて、苦労を重ね、練りに練ったあとに、心の至深所から湧き上って来る広大無辺な、自他不二の聖なる心に生きることなのである。

旗じるし

日々の生活において、つつましく自らを鞭うつものは幸いである。彼は、かくすることによって、真の自由を得、やがて一切に打勝つであろう。

一

佐竹義宣の家臣、忠野左文は、ある日、あたらしい背幟を立てて、諸将のまえにあらわれた。それには、墨痕あざやかに、「一足不去忠野左文」と記してあった。それは、戦場にのぞんでは一歩も退かないぞ、という彼自身の誓詞であったのである。

この背幟を見ては、彼の剛勇を知る諸将のなかにも、好感を持つものばかりはいなかった。「幟の文句で主君に取り入る気か。」とか、「強い犬は、めったには吠えないぞ。」とか、そうした蔭口が、そこからもここからも聞こえて来た。そして、彼に十分な好意を持った人たちですら、少々高慢が過ぎはしないか、と心配した。しかし、彼はそんなことには一向平気で、ただ背幟が耳のうしろで、はたはたと風に鳴るのを聞き入っていた。

ところで、その日の戦いは、不幸にして、佐竹勢の敗北におわった。左文は、歯がみをしながら、最後まで敵を蹴散らしていたが、さすがの彼も、味方の総崩れではどうにも成らず、われ知らず馬をかえして、退却をはじめた。彼が、ただ一騎、とある川のほとりまで来たときには、敵も味方もはるかに遠のいて、あたりは森閑となっていた。

彼は、終日の戦いで疲れきっている馬に水をやろうと、しずかに川岸に馬をすすめた。その時、ふと、彼の眼に映ったものがある。彼ははっとした。暮れかねた水のおもてに、彼の背幟にしるされた文字が、あざやかに浮き出しているではないか。――「一足不去忠野左文」と。

彼は、馬に水をやりながら、しばらく苦笑をつづけていた。そのうちに、日はとっぷりと暮れて、水のおもてには、星がきらきらときらめき出した。と、彼は、急に馬に鞭をあてて暗をいずくともなく走り去った。

それからしばらくの後、彼はただ一騎、敵陣のなかで槍をしごいていたのである。不意を襲われて、あわてふためく敵兵のなかを、縦横無尽に駈けまわって、彼はついに敵将の一人をほふり、その首級を提げて、悠々として引きあげた。

二

世の中をほんとうに動かすものは、旗印でなく、実行である。誰もこのことを疑うものはない。だから、旗印など、無くてすめば、無い方がいいにきまっている。その意味からいって、佐竹藩の諸将が、左文の旗じるしを嘲ったのにも、一応の道理がある。だが、われわれは、旗じるしを立てた左文が、ただ一騎で、敵将の首を討ち取っている間に、左文を嘲った諸将は、おめおめと敵にうしろを見せていた、という事実をも決して忘れてはならない。

事を成すには、謙遜でなくてはならぬ。仕事が困難であればあるほど、謙遜であることが大切である。そして、謙遜とは、自己を過信しないことであり、つねに自己のこころに鞭打つことを忘れないことである。心を虚うして神と賢哲とに聴き、あるいは座右の銘をつくり、あるいは起請文をささげて、自己の力の足らざるを補おうと努めることである。左文がかかげた旗じるしも、またそれではなかったか。彼の旗じるしを、彼の傲慢誇示の標徴だと見た諸将は、真に左文のこころを知るものではなかった。この旗じるしこそは、実は、左文にとっては虔ましい心の誓いであり、人生の戦いにおける背水の陣であり、みずからの怯懦なる魂に対する策(むち)であったのである。

三

己の欲するところに従って矩を踰えなかった孔子、「神吾とともに在り」という堅信に生きたキリスト、心を三世に拡充して、自由独尊の境地を拓いた釈迦、これらの人々には、こうした意味の旗じるしは、もはや無益であり、あるいは邪魔ですらあったのかも知れぬ。だが、左文にとっては、それが必要であった。そして、われわれの多くは、決して左文以上の勇者ではあり得ない。左文をわらった諸将と同じく、人生の戦いにおいて、ややもすれば恥を忘れて遁げ出そうとする卑怯なこころの持主である。だから、われわれにとって、旗じるしは決して無用なものとはいえないのである。

ところでよく考えて見ると、旗じるしをかかげることそのことが、すでに容易ならぬことである。誓いのこもらない旗じるしなら、何時でも、何処ででも、そして誰でも掲げることが出来るであろう。しかし、真に誓いのこもった旗じるしは、なま半可なこころでは掲げられるものではない。左文を笑った諸将のように、場合によっては逃げるであろうことを、心の何処かで予定していたのでは、「一足不去」とはなかなか書けないであろう。それを書くには、勇気と確信とが要る。天をあざむかず、おのれを欺かざる底の勇気と確信とが要る。少くとも、人を欺かざるだけの正直さは、かならず持ちあわせていなければならない。一旦かかげた旗じるしに忠実であり得ないことを自ら予定しているぐらいなら、はじめからそれを掲げない方がむしろ正直である。かかげた以上は、断じて行おうという決心がなくてはならない。その決心があっても、ややもすると鈍りがちなのが、人間のつねである。そこを、旗じるしで自ら励まそうというのが、旗じるしを立てるものの心である。

今の代議士たちは、選挙の時になると、いろいろの旗じるしを掲げる。世間では、これを不渡手形といっている。こうした旗じるしを掲げるには、勇気も確信もいらない。ただ不正直と無恥とがあればいいのである。もし、恥も外聞も知らないことが、勇気の名に値するというなら、それはわたくしの関するところではない。

四

旗じるしなど掲げることは、自分で自分の自由を束縛するものだ、という人もある。なるほど、一応は尤もらしい言分である。だが、自由とは、行き当りばったりに、己の欲するままを行うことではない。真の自由は、自己の至深至高の願が、随所にその力を発揮して、他の一切の欲望を統制することである。心の欲するところに従って矩を踰えない、というのが、つまりそれで、矩を踰えたら自由ではなくなる。放恣は、だから、自由ではない。それこそ、自己を統制することの出来ない、きわめて不自由なこころの現われである。われわれは、この放恣、この不自由を克服して真の自由への道を開拓せんがためにこそ、旗じるしを掲げるのである。

そこで、旗じるしを掲げる者の忘れてならないことがある。それは、旗じるしは十分に検討されたものでなくてはならない、ということである。一時的な感激によって、盲目的に掲げた旗じるしに誓いをこめたため、取りかえしのつかぬ結果を生じた、という例は、この頃の青年にしばしば見るところである。左傾右傾のいろいろの団体に関連して、最近頻発する事件をかえりみるごとに、わたくしは特にこの感を深うせざるを得ない。

こうした悲劇がどうして生ずるか、というと、それは、自己の知識経験の範囲では到底十分に検討することの出来ないような大問題をとらえ、しかも、一時の感激に任せて、卒然として旗印を選むからである。こうした問題については、深い知識と、広い経験とを持った人でも、容易に正鵠を得た旗じるしが掲げられるものではない。いわんや、二十歳前後の青年においておやである。

五

青年こそ、他の何人よりも謙遜でなくてはならない。だから青年にとってもっとも望ましいことは、出来るだけ地道な、自己と自己の周囲との実生活に即した、虔ましい旗じるしを選むことである。選むべき旗じるしは随所にある。そして、それらはいずれも、国家社会の重大問題と切っても切れないかかわりを持っている。自分の日々の生活はどうか。自分の家や、村や、町のありさまはどうか。そして自分の所属している青年団の動きはどうか。等々の問題こそ、今日の青年によって、先ず考えらるべき問題であり、そして、それらの問題の中にこそ、日本の難局を打開すべき、いろいろの旗じるしが見出されるであろう。

いうまでもなく、それらの旗じるしとても、卒然として、これを掲げることは、十分に慎まなければならぬ。深く自己を反省し、つぶさに周囲を観察し、つねに神に祈るのこころを以てしてこそ、それらの旗じるしも、真に意義あるかがやきを放ち、やがて、日本が持つ大問題を解決する力づよき原動力となるであろう。

小発明家

機縁を生かすことのみが、自己と自己の周囲とを向上せしめる。
機縁を生かすとは、機縁に従って創造の生活を営むことである。

一

大分県の講演行脚のついでに、東国東郡熊毛村大字小江の青年、前田望君を訪ねることにした。それは、同君が発明した蛸壷縄繰揚機の実際の操作を見、且つ同君の発明にいたるまでの苦心談を聴きたいためであった。

その日は、七月廿一日、恐ろしくむし暑い日であった。

実は、その日の予定であった竹田津で講演をすまして、その帰途、同君の家を訪ねるつもりでいたところ、幸い本人が講演会場に来ている、とのことだったので、昼食の時間に探してもらって、早速私共の控室であうことにした。

小野社会教育主事の紹介で、わたしの前に立った浴衣がけの青年、それは見るからに頑丈な、漁村青年らしい淳朴さをもった若者であった。歳をきくと、二十一だという。早速蛸壷縄繰揚機について二三訊ねて見たが、ただ要点だけをぶっきらぼうに答えるだけで、自ら多くを語ろうとしない。多勢の人達がいる前だったので、多少固くもなっていたと思うが、元来無口な性質らしく思われた。

「今日は是非、君の機械の実際の操作を、見せてもらいたいと思うが。」

というと、

「そうですか、ではすぐ準備します。」

と、極めて無表情な顔をして、さっさと室を出て行った。

二

一時過ぎ、一先ず熊毛村役場に行って、船の準備が出来るまで休憩した。

その間に、郡水産会の技手、日野亀鶴氏から、いろいろと、前田君についての話をうけたまわったが、それを綜合すると、大体次のようであった。

昭和四年、丁度前田君が小学校を卒業した年、父につれられて、はじめて蛸壺縄の引きあげを手伝った時、そのあまりに劇しい労働を実際に体験して、何とか工夫が出来そうなものだ、と思ったのが、そもそもの動機らしい。その後、少々永びく病気をわずらって寝ていたが、何が幸いになるか解らないもので、前田君は、その病中を寝床の中ですっかり発明の工夫に費したのである。

病気が治る頃は大体の腹案も出来あがったので、起き上ると早速模型の製作にとりかかった。

しかしそれには金がいる。前田君としては相当の大金である。父に相談して見たが、てんで相手にされない。相手にされないだけならまだしも、時としては、

「何をぼやぼや考えてばかりいるんだ。」

と、ひどく叱られたあげく、せっかく集めた金具や板片などを取りあげられる。この間の前田君の苦心は随分ひどかったらしい。

しかし前田君はめげなかった。いりこ小屋の隅に道具箱を置いて、父の眼をさけては、こそこそと仕事をつづけた。そして、資金を得るために、しばしば炭坑稼ぎに出たりした。こうして三年の後、昭和七年に、とうとう自信のある考案が出来上った。

ところで、さていよいよ実物を作る段になって、早速困ったのがまた金である。本物を作るには、どうしても四、五十円はかかる。誰か村の中で、これを据付けて、試してくれる者はないかと、方々に当って見たが、誰一人ふり向いて見る者もない。父に話したところで、また大きな眼玉を喰うぐらいが、関の山である。

ところが、この事を聞いて、乗り出して来たのが、同君の竹馬の友で、毎日のように蛸船に乗っている河野青年であった。

「よし、俺が一つためしに据付けて見よう。前田君の三年間の苦心を、友達として黙って見ていられるか。かりに最初はうまく行かないにしても、前田君のあの熱心さなら、きっとそれを改良して、最後には、立派なものに仕上げてくれるに違いない。」

そう思って、河野君は、どうして工面したものか、四十何円かの金を、前田君の前に投げ出し

て、その製作を依頼した。

こうして、いよいよ実物が出来上ったのが、昭和八年の四月であった。

早速船に据付けて、実際にためして見ると、これはまた、何という便利な機械だろう。これまで、三人がかりでなくては出来なかった仕事が、機械を使うと、二人で十分である。少し慣れたら、一人ででも、楽に間にあいそうだ。おまけに、これまで三十尋以上の海で一日蛸壺を手繰っていると、手はささらのようになり、身体は綿のように疲れて、どうしても翌日は、仕事を休まなければならなかったものだ。それが、どんな深海になっても、少しも人間の労力を増すことがなく、却って動力を活かして使えることになる。それに、何よりも嬉しいのは、時間が三分の一以下ですむことだ。そうすると、結局——

人手は三分の二、乃至三分の一に減じ、仕事の能率は三倍以上になり、疲労は比較にならないほど少くなって、どんな深海でも、毎日仕事が出来る。

何という愉快な機械だろう。

第一回の試運転を終えた二人の青年は、船の中で手を握りあって喜んだ。

それ以来、河野君は、こんないい機械を使わない人は馬鹿だ、といって、村じゅうを説きまわっている。しかし、まだ多くの漁民は、漁民特有の保守的な考えから、なかなか機械などを据付けようとはしない。

尤も、中には、もう少し安価に据付けが出来れば、という嘆声をもらしている人もあるらしい。それは漁民としては尤もな言い分である。しかし、前田君や、日野技手にいわせると、現在のところでは、部分品を一々鉄工所やその他に依頼するより仕方がないので、一文も前田君の利益にはなっていないに拘らず、自然値段が高くなるわけだ。もし、需用者が多くて、もっと大量に生産する方法が立てば、はるかに安値に提供が出来るだろう、という。これもまた至極尤もな言い分である。

そこで、郡の水産会では、この繰上機を据付ける人には、一台当り二十五円の補助を与えることになったそうである。日野技手は、その理由を次のように述べている。

「何しろ、この郡では、鯛と蛸が水産界の王座を占めていますので、蛸壷引きあげの能率如何は、ただちに漁村の盛衰にも関係するのです。それに、この仕事は、他の漁業ほどに専門的技術を要しませんので、海近い農民の副業としても大に奨励すべきであります。幸いにこんな有利な機械が出来たので、この際是非多くの人に使って貰って、水産界を活気づけるばかりでなく、農漁村の更生にも資したいと思っています。なお、年中蛸壷縄を海底に張りまわされては、鯛漁のための餌の収獲が、それに邪魔されて、面白く行きませんので、蛸漁の期間を、ある程度制限する必要にせまられています。この点から考えても、こんないい機械を利用して、短い期間に蛸漁の能率を高めて置く方がいい、と考えています。」と。

なお、この機械について、多少憤慨もし、滑稽にも感じた、一つの挿話がある。それは、同じ東国東郡の富来村の青年で、この繰揚機の有利なことを知って、自分たちの船に取りつけたものが二人ほどあった。ところが、変なことには、二人共、

「この機械は、なるほど便利は便利だ。しかしこれを使うと、どういうものか、肝心な蛸の入り

が非常に少い。」

と、方々でいいふらしたものである。これを聞いた日野技手が、どうも可笑しいと思って、だんだん調べて見ると、その青年たちは、二人でこっそり、次のような事を申し合わせていたのだった。

「この機械が沢山の人に使われるようになると、漁獲がうんと殖えて、蛸の値が下るだろう。だから、ほかの人たちに、なるだけ使わせないようにして置く方がいい。」

三

こんな話を聞いているうちに、前田君から支度が出来たという報らせがあったので、小野主事や日野技手と一緒に、いよいよ蛸船に乗りこんだ。前田君は、夕立が来そうだというので、合羽やら、傘やらを、われわれのために用意して乗りこんでいる。

モーターの力で船は沖に出る。左手の海岸に見える小さな部落が、前田君の居村の小江部落だと、この船を動かしている青年が教えてくれる。約二十分で漁場についた。

その頃、夕立が沛然と襲って来て、海一面に真白な泡が立つ。背広の上を、前田君に貸して貰った合羽で、十分にくるんだが、それでも頸すじから、気味わるく雫が流れこむ。前田君は、自分はびしょぬれになりながら、傘を私にさしかけてくれた。わたくしは黙ってその好意をうけることにした。

はじめてあった発明青年と、海の上で、こうした恰好でよりそっていることが、わたしには何だか不思議なことのように思えて仕方がなかった。

夕立は間もなくやんだ。そして、夏の午後の日が、またぎらぎらと海面を射た。

四

漁場につくと、動力はただちに、船の推進から蛸壺繰りあげの操作に転換された。間もなく、繰りあげがはじまる。船側に平行して、棒形のローラーが一本つけてあり、舷の内側に、木製の傘形のものが立っていて、その上に、カタン糸の糸巻見たいな恰好をした、直径三寸ばかりのローラーがはめてある。棒形のローラーをすべって、海底から上って来る縄が、この糸巻形のローラーに一巻きされて、そのさきを人間が手繰ることになっている。糸巻形のローラーは、傘形の部分と一緒に、動力でたえず廻転している。で、ちょっと縄を引っぱると、ローラーのところで摩擦するので、縄はひとりでに繰り上って来る。力というほどの力はいらない。また、中途で繰りあげをやめる必要があれば、手をゆるめて摩擦を去り、糸巻形のローラーをからまわりさして置けばよい。

さて、傘形の板は何の役目をするものかと、不思議に思いながら、じっと見ているうちに、第一の蛸壺――それは親綱に二三尺の子綱をつけて、その先に結びつけてある――がぴょいと上って来た。そして、この傘形の板の上を、遠心力の作用で、一ふり振りまわされ、その拍子に、水を吐き出す。ところが、中に這入っている蛸は、後生大事と壺の底に吸いついて離れないのである。ここにこの機械の興味の中心があるらしい。

「どこに一番苦心したかね。」

と、前田君にきいて見る。

「あの傘形のところです。」

すると、日野技手が、

「前田君としては、どの点にも苦心したに相違ありませんが、特許でもとるとなると、傘形のところだけが値打なんです。」

こうして上って来た壺は、縄についたまま、次から次へと、順序よく船の中に積み重ねられる。そして、その中からは、のそのそと、大蛸小蛸が、海底での保護色をそのまま、色とりどりに這い出して来る。這ひ出して来た奴は、片っぱしから活間に放りこまれて行く。

最初の繰りあげからこれまでの作業を、たった一人の青年が、われわれと話をしながら、いかにも楽々とやってのけている。蛸を活間に放りこむ事などは、縄をたぐりながら、足先でやるのである。一縄の壺の数は約一百、そして繰りあげに要した時間が、僅かに二十分である。

だんだん話しているうちに解ったことだが、この青年こそは、率先して前田君の発明を利用した河野君であり、そして、この船こそは、その機械を最初に取りつけた船だったのである。わたくしは、河野君の朗らかな、そしていかにも真実味のある顔を、あらためて見直さないわけには行かなかった。

繰りあげが一縄すむと、動力はまた船の推進の方に転換され、船の位置がいくらか移動したところで、今引き上げたばかりの縄が、再び勢いよく投げこまれた。きくと、同じ場所でつづけると、殆んど蛸の入りがないそうである。

五

帰りがけの船中で、前田君と二三問答を試みた。

「今では、お父さんも、賛成していてくれるだろうね。」

「うまく出来ている、とはいってくれますが、今のところ、ちっとも金になりませんので……。」

「君んとこの船に取付けて、うんと蛸をとったらいいじゃないか。お父さんも、それならもう賛成するだろう。」

「父は自分の船をもって居りません。今では百姓の方をおもにやっています。」

前田君の顔は少し曇った。わたくしは話題を転じて、

「これまでに、すべてで何台ぐらい製作したかね。」

「たった八台です。」

「特許はどうなっている。手続はもうしてあるんだろうね。」

「それにも、いくらか金がかかるそうで、……願い出ることにはしていますが……」

「うむ……で、これまでに研究に使った金がどのくらいになるかね。」

「百五十円ぐらいでしょう。」

「みんな自分で働いて、それを得たんだそうじゃないか。」

「ええ、おりおり炭坑に行きまして。」

「えらかったろうね。……で、これからも、こうした研究をつづけるつもりかね。」

「ええ、今度のをもっと沢山使ってもらって、いくらかでも収入があれば、いろいろやって見たいと思っています。……今のところでは、あまり父に心配をかけますので……」

私は少し憂欝になりながら、陸に上った。そして、この頃方々に育英会というものがあって、時としては、いわゆる秀才をして、カフヱー通いを覚えさせるような事をしているが、この際それらに方向転換を要求して見る必要がありはしないか、などと考えたりした。

しかし、前田君には、なんにも言わないで、固い握手をしたきり、別れた。

六

翌日、安岐の講演場の控室に、小学校長さん方が沢山集っていられる席上で、わたくしは前田君の話を持ち出した。するとある校長さんは、

「ほほう、あの子供がそんな偉いことをやりましたか。なるほど、そう承ると、小学校時代から機械類をいじくったり、模型を作ったりすることが好きなようでした。」

といった。また、ある校長さんは、

「わたしは、補習学校であの青年を教えましたが、二年間山越しで通学して、一度も欠席しなかった男です。しかし、発明なんかに凝っているとはちっとも気がつかないでいました。」

といった。そして最後に、次のような会話が校長さんたちの間に交わされた。

「そんないい青年を捨てて置くのは、吾々教育者の立場からいっても、面白くない。郡教育会の

方で何とかしようじゃないか。」

「そうだ。ここにいる吾々さえその気になれば、いくらかの金の補助ぐらい、わけなく出来るだろう。」

「早速今度の総会にかけることだね。」

「是非そうしよう。」

それから、一人の校長さんが私に向って、

「御安心下さい。総会では、満場一致で賛成させて見せますから。」

小野社会教育主事は、それを引きとっていった。

「それが出来れば何よりです。何しろ、郡や県の水産課の方で、恐ろしく力瘤を入れていますから、産業的に見て、機械の立派なことは保証つきです。……それにしても、われわれ青年団の関係者が、水産課の方で騒がれて、やっとそれを知るようになったのは、何といっても手ぬかりでした。しかし、郡内の校長さん方でも、この通り、今日まで知らなかったのですから、まずお許しが願えるでしょう。」

それで一座は大笑いになった。

わたくしもすっかり朗らかな気分になって、最後の講演を終り、おいとまをした。

附記　その後、前田青年のこの機械に特許が下りた。そして、翌年五月の大日本聯合青年団大会では、産業賞と相並んで、同団の最高表彰の一たる発明賞が、同君に授けられた。当時のラジオ放送に注意された方は、多分、同君自ら、全国に向って放送した、その涙ぐましい苦心談を聴かれた事だろう。

創造的精神に燃えた、この種の青年が、近年、農村からも、漁村からも、都市からも、続続現われて、それぞれの生活部門において、輝かしい業績をあげつつあることは、何という喜びであろう。

心窓去来

・愛と燈火

愛はともし火のようなものである。ともし火がその最も近いところを最も明るく照らすように、愛もまた最も身近かな人に最もゆたかに注がれる。そして、自然ということが神の定めた第一の掟であるかぎり、これは決してとがめらるべきことではない。だが、愛について知るべきことは、ただそれだけではない。愛は肉親から隣人へ、隣人から旅人へと、次第にその力を弱めながらも、及ぶかぎりの広い範囲に、出来れば地球上の全人類に、さらに進んでは有情非情の一切にまで及ぼうとするのである。この点でも愛はあたかもともし火のようなものである。

ただ、愛とともし火とのちがうところは、ともし火はその効用のために、ある範囲でさえぎられてもいいが、愛にはそれが許されないということである。それは、愛が身近かな人たちだけを幸福にするために、どこかでせきとめられると、そのせきとめられたところを境にして、人間同志が争うことになり、身近かな人をも却って不幸に陥れ、愛が愛としての効用をなさなくなるからである。

忘れてならないことは、愛は世界を一つにするための神の意志のあらわれであり、それが身近かなところに、よりゆたかに注がれることが許されているのは、その意志の実現を容易ならしめるための神の知慧だ、ということである。

・責任の無限性

人間の責任の範囲に限界はない。人間は、ただそれぞれに責任の中心点を異にするのみである。われわれは、生活の便宜上、仕事の範囲に一定の限界を設けるが、それがただちに責任の限界を意味すると思ったら、仕事は仕事としての価値を失ってしまうであろう。それは、愛がその範囲を限られた場合、愛としての価値を失ってしまうのと同様である。

・生長の原理

地球の引力にさからって草木はその枝葉を上に伸ばす。それは光を求めんがためである。地球の闇をくぐって、草木はその根を下に伸ばす。それは光を求める力を養わんがためである。

・天井と政治

鼠が天井でさわいでいる。われわれの食卓は貧しい上にほこりだらけである。これが日本の政治の象徴だとすると、われわれはどうすればいいのか。鼠を天井でさわがせないようにするのに、最も簡単で、確実で、且つ永久的な方法は、天井をとりのけることである。これを政治の場合にあてはめると、国民が、自分たちの生活と政治とを別の世界のものと考えないことである。

・最後の場合

どんな険阻な道でも、ないよりはましである。全然道が見つからないほど苦しいことはない。しかし道が見つからないということは、われわれにとって決して最後の場合ではない。道が見つからないところには、道は切りひらくという手段がまだ残されているのだから。

・動物よりも不合理

他人の邪悪から自分を守ることは時として不可能な場合がある。しかし、自分の邪悪から自分を守ることは全く自分の自由である。然るにたいていの人は、他人の邪悪によってよりも、自分の邪悪によってはるかに多くの害をうけている。これほど不合理なことはないが、またこれほど普通のこともない。そしてその点で人間はどんな動物よりも不合理な存在であるらしい。

・太陽か虹か

美しいものにあこがれるのはいい。しかし、われわれの人生は、太陽に背を向けて、はかない虹の美しさに見とれるようなものであってはならないのだ。

・土臭いものに対する愛

草木の種は、その花や果肉のように甘美なものではない。それはたいてい土臭くて見すぼらしい。文化についてもまた同様なことがいえるであろう。しかし、土臭くて見すぼらしい種を愛しうるものでなくては、真に文化の育成者となることが出来ない。このことは、とりわけ、郷土文化を育成しようとする者の忘れてはならないことである。

・明白な道理

すべての人が先ず食うことを保障されない限り世の中がよくならない、ということはたしかである。しかし食うことをまだ十分保障されていないのが現実である限り、ひもじさをこらえて世の中をよくしようと努力することがすべての人の義務でなければならない、ということもまたたしかである。このことは、地獄からよりも天国と地獄との間の世界からの方が天国に近づきやすい、という極めて明白な道理に基いていえることである。

・自分の存在が無視された場合

周囲の人たちに自分の存在が無視された場合、平気で居れる人間の種類に両極がある。その一つの極は自分自ら自分を無視している人間であり、もう一つの極は自他を超越して自分を確立している人間である。

同様の場合に平気で居れない人間の種類にもまた両極がある。その一つの極は不満のために自分を忘れてしまう人間であり、もう一つの極は謙虚に自分を省みて他人の悪を思わない人間である。

・可能と必要

「可能なるが故に行うのではない。必要なるが故に行うのだ。」――これはある独裁者の言葉であるが、民主主義者がこの言葉を信奉してわるいという道理は露ほどもない。

・無知と欠乏

無知は貧乏の原因であり貧乏は無知の原因である。これが人間一般の通則であるが、この通則をやぶって、無知でありながら何かの運に恵まれて富んでいる人も決して少くはない。この変則的現象は、しかし、決して永くはつづかないであろう。運にめぐまれて富んでいる人が、もし自分たちの富を永つづきさせたいと思うなら、富を死守しようとする代りに、或は、それで安楽と享楽とを求めようとする代りに、それを無知克服のために一刻も早く利用すべきである。

・心の至深所

どんな人でも、心の至深所にはいつも清らかな泉がわいている。それは愛と知と勇気とが透明にとけあった泉である。これを疑うものはまだ一度も自分の心を本気でほり下げて見たことのないい人である。本気で自分の心を掘れ。そうしたら、自分がいかに尊貴な存在であるかに目覚めるであろう。

・病苦の効用

健康者が病者よりも幸福であるということは、一般に自明のことと考えられている。しかし、その反対のことも、またしばしば真実である。それは、健康を誇ってそれを浪費する人よりも、病苦になやんでつつましく生きる者の方が、道に近づく機会をより多く恵まれているからである。最も不幸なのは、何といっても、病苦によって自分の心をますますさませて行く者たちであろう。私は日本という国が現在そうした種類の病者でないことを心から祈らずにはいられない。

・賞讃の誘惑

ほめられたら素直によろこぶがいい。しかし、素直によろこぶということは、かなり難かしいことである。というのは、もしほめられたあとの仕事が、もう一度ほめてもらいたいための仕事になったら、そのよろこびは決して素直であったとはいえないからである。われわれは、賞讃が人間の素直さにとって、しばしば大きな誘惑であるということを忘れてはならないであろう。

・太陽と月

「太陽と月とはどちらが偉いか。」「月が偉い。」――「なぜか。」「太陽は明るい昼だけしか照らさないが、月は真暗な夜を明るくしてくれるから。」――これはある文明人と未開人との間にとりかわされた問答だそうである。われわれは、この未開人の答を笑うまえに、人物や仕事に関するわれわれ自身の価値判断が、果してこの未開人以上のものであるかを、静かに反省してみる必要がないであろうか。

・摩擦の効用

摩擦は、物と物とが相互に自由な運動を妨害しあう働きをなすものである。しかし、摩擦なくしては何物も安定しないし、また何物も磨き出されない。しかも摩擦は、その利用の仕方によっては、たとえば車輪の場合のように、物を適度に動かす力にさえなるものである。摩擦のかような物理的原理は、そのまま人間社会の原理でもあるが、その原理が人間によって十分に理解され、且つそれが実生活のあらゆる面に生かされるのは、もっと多くの不幸な摩擦がくりかえされたあとのことであろう。

・率直

率直な人ほど愛すべき存在はない。しかし率直なことを得意にする人ほど無礼で不愉快な存在もない。

・無意識の謙遜

へりくだるまねをすることは、さほどむずかしいことではない。それは傲慢なままでも出来ることだからである。人間にとって真にむずかしいのは傲慢な心に打ち克つことであり、へりくだろうと意識することなしにへりくだることである。

・快活と浮薄

快活と浮薄とは、しばしば紙一重である。

・愚昧な聰明

頭のいい人にとって最も大切な修行は、おっとりした、親しみやすい謙遜な人間になるように努力することであるが、そこに気がつくほど頭のいい人は実際まれである。

・形式の軽視による悲劇

世間普通の礼儀作法は決して軽視されてはならない。なぜなら、凡人の社会を動かしている潤滑油の七八割はそうした形式であり、そして大多数の人間は凡人だからである。凡人の社会においては、そうした形式の軽視は、しばしば悲劇の原因にすらなるものである。

・ある人のために

相手の好意にあまえて、越ゆべからざる一線をこえても、依然として相手の好意がつづいているように見える場合がある。しかし、それは、多くの場合、相手の不快な努力の表現でしかないであろう。

・小人の心理

他人が非難されているのを痛快がる人ほど、自分が他人から非難されるのを気にやむものであり、他人に対して傲慢な人ほど、他人が自分に対して傲慢であるのをいやがるものである。

・後世に知己を求めるということ

よいことに対する正しい評価は必ず行われる。ただそれには永い時間がかかる。そう思って後世に知己を求めるのはいいことである。だが、同時に忘れてならないことは、正しい評価に時間のかからない世の中ほど進歩した世の中だということである。もしこのことを忘れて後世に知己を求める人があったら、その人の志はその大半の意義を失ってしまうであろう。

・親の愛

子供を少しも束縛しない親の愛などというものはあり得ない。あってもそれは真の愛とはいえない。しかし、だからといって、子供をして束縛を束縛と感ぜしめたら、その愛は、多かれ少かれ子供を虚偽に駆り立てずには置かないであろう。親の愛ほど自然なものはないが、また親の愛ほどその表現に困難を感ずるものはない。

・まちがいのない民主主義社会

「然り」と「否」とを、素直な気持と、素直な態度と、素直な言葉つきとで答えうる人たちが集って作った社会ならば、それはまちがいのない民主主義社会である。

・謙遜は無能の代償ではない

私は、自分の功績を誇って傲慢である人と事を共にするより、むしろ功績なきを恥じて謙遜である人と事を共にしたい。さればといって、謙遜を無能の代償と心得ているような人を、自分の共働者に持ちたいとは断じて思わない。第一、そうした人の謙遜は決して真の意味の謙遜ではなく、却ってその人の品性の低劣さを物語るばかりだからである。そうした人にくらべると、たとい傲慢ではあっても、功績をあげることに努力する人の方が、人生にとってはるかに有意義な存在だといえる。

・保守主義者の使命

保守主義の存在はいかなる時代にも必要である。しかしそれは進歩を安全にするためであって、決して進歩を阻止するためではない。

・より以上に悲しむべきこと

浮浪児の約半数が家もあり親もある子供たちであるということは、彼等のすべてが家も親もない子供たちであるということ以上に、悲しむべきことである。

・自分の自主性はどうか

「野菜類がこんなに値下りでは肥料代にも足りない。来年はもう主食一本槍だ。」と一人のわかい農民がいった。「みんなが野菜を作らないとすりゃあ、おらあ、その裏を行ってうんと作ってみるかな。」と、もうひとりのわかい農民がにやりと笑った。するとそれをきいていた老農がよって来て、たしなめるようにいった。「値上りや値下りなどに頓着しないで、あたりまえに作るものを作っていりゃあいいんじゃよ。それが百姓の本筋じゃでな。」この三人の言葉のうち、いずれの言葉に共感を覚えるかを考えて見ることは殆ど無用に属する。われわれにとって大事なことは、自分自身がその立場にあった場合、果していずれの言葉を発する人間であるかを、よくよく反省して見ることでなければならない。

・始末におえぬ錯覚

自分の負けぎらいの表現でしかない言動を、純粋な正義感に出発した言動だと錯覚している人は決してまれではない。そして、そうした種類の人々にかぎって、他人のまえで機会あるごとに、自分たちの言動について、いかにも誇らしげに語りたがるものである。

・自立と提携

自分の足で立ち、自分の足で歩むもののみが、楽しく隣人と手を携えることが出来る。

・ある外科医

自分が手を下した手術後十年も二十年もたってから、もとの患者の家を訪ねてあるいた外科医が日本にいたそうである。これほどの良心のたしかさが、医者だけでなく、せめては政治家や教育家の幾人かにあってほしいものである。

・語るに落つ

人はしばしば劣等感と利己心に出発した平等観を主張することによって、内心に抱いている不平等観を告白するものである。

・学ぶことの無意味な人

すべてを疑うものにとっては、学ぶことは無意味である。すべてを信ずるものにとってもまた同様である。

・中道と独自な道

中道を歩むとは、独自の道をすてることではない。かえって独自の道の中にこそ中道があるのである。もしその独自が全体の調和と創造とに役立つものでさえあれば。

・甘受すべき侮辱

相手が自分を侮辱したから、自分も相手を侮辱する、というのでは指導権は相手にある。それでは、相手が自分を侮辱したのも全く理由のないことではない。甘受するがいい。

・造花

造花は萎びない。しかし萎びる花ほど美しくはない。

・始末におえぬ高慢

自分が謙遜であることを誇る心ほど、始末に終えぬ高慢な心はない。

・悪徳のかなめ

高慢と怠惰との二つの悪徳から身を護りうる人なら、たいていの悪徳から身を護りうる人である。

・悲運に処する道

悲運におち入ってやけになる人がある。下の下である。

やけにはならないが、弱々しくその境遇に流される人がある。下の上である。

世を怨み、ぶつぶつ不平をならべながら、ともかくも建直しに努力する人がある。中の下である。

世を怨んだり、不平をならべたりはしないが、意地を張り、歯をくいしばって努力する人がある。中の上である。

すんだことはすんだこととして、極めて楽天的に、新たに第一歩からふみ出そうとする人がある。ここいらになるともう上の部である。

しかしその楽天が、ただの気分であるかぎり、それではまだ危ない。そんな気分は、二度三度と打撃がつづいた場合には、とかくくずれがちなものだからである。

悲運に処する最上の道は、悲運の中に天意を見出して謙虚に自己を反省するとともに、それを一つの恩寵として感謝する心になることでなければならない。これがいわゆる運命に随順しつつ力強く魂の自由を確保する道なのである。

・宿命的であるがゆえに道徳的

人間はその出生が宿命的であるが故にこそ道徳的でなければならない。もし人間が自由に自分の生れる場所と時とを選びうるとすれば、すべての人間は、おそらく道徳的努力を必要としない天国の出現をまって生れたがるであろう。

・平和への努力としての苦笑

怒りたいときにむりに笑うと苦笑になる。それはしばしば怒った顔よりも醜い。しかし怒った顔よりも悪いとはいえない。それはやはり平和への努力の一階梯ではあるのである。

・奇妙な執着——名と仕事について

人間の名前というものはふしぎなものである。自分で選んだわけでもなく、大ていの人は親が自分にそんな名前をつけてくれたことを不服に思っているようだが、それでいてその名前が天下にきこえることを希っている。生きているうちには、それで何かの実利が得られるという理由もあるだろうが、死んだあとまでもそれが伝わるのを希うというに至っては、いよいよ不可解である。人間が、もし、自分の名前に対するこの奇妙な執着をすてて、自分の仕事を世に伝えることだけで満足するようになったら、世の中は今よりもずっと愉快な、そしてもっと内容のあるものになるにちがいないのだが。

・必要なものを無用にすること

政治はその運営のために、法と公職と租税とを必要とする。しかし、その必要は究極においてそれらを無用ならしめるための必要であることを忘れてはならない。法と公職と租税とは少ければ少いほど、人民にとって幸福なのである。

・どちらが欲が少ないか

金がなくてもあるような顔をする人は、金があってもないような顔をする人よりも欲が少いとは、必ずしもいえないらしい。

・牢獄と曠野の中間

牢獄にとじこめられることは、むろん幸福なことではない。しかし、さればといって、無人の曠野に放たれることも、また決して幸福であるとはいえない。人間は牢獄でも無人の曠野でもない人間世界に住むことによって、いいかえると、ある程度の束縛の中で安定し、ある程度の自由を享受することによって幸福になるものなのである。

・優越感のオブラート

他人の意見を心の中で肯定すればするほど、口ではいよいよ強硬にそれに反対したがる人がある。劣等感を優越感のオブラートで包むと、こういう種類の人が出来上るのである。

・「機会にめぐまれなかった」の意味

たいていの人たちは、非常にしばしば「機会を求めなかった」というべきところを「機会にめぐまれなかった」といっているようである。

・厭世観は甘い

厭世観を抱く人々の大多数は、本来人生を甘く見ている人々のようである。

・成りあがり者とは

自分の掛ける椅子が大きく高くなればなるほど、自分の姿が小さく見えるという平凡な事実を知らないで、急に大きく高くなった椅子の上でだけ、自分の存在を示そうとする人、そういう人を成りあがり者というのである。

・より有意義な考え方

完全に責任を果すためには完全な自由がなければならない、というのは恐らく間違った論理ではないであろう。しかし、自由というものが、他から与えられるものでなくて、自ら戦い取るべきものであるならば、完全な自由を得るためには完全に責任を果さなければならない、と考えた方がはるかに有意義なようである。

・健全な思想の持主とは

健全な思想の持主というのは、常に進歩と保守との中間を歩む人ではない。公正な判断に基ずいて、進歩的でなければならない場合には断乎として進歩的であり、保守的でなければならない場合には毅然として保守的であるような人をいうのである。

・その暇がない

自分の長所をのばすことに夢中になっている人は、自分の欠点をかざることに決して心を労しないものである。

・公憤について

自分に密接な関係のある社会であればあるほど、その社会の不正義に対して感ずる公憤の度は強いものである。その意味で、大ていの公憤には多少とも私憤がまじっているといえるだろう。いささかの私憤も交えない公憤は、ただ宗教的悲願のみである。

・個人の尊厳ということ

一つのものが存在するということは、同時に、それとちがったものがそれを取りまいて存在しているということを意味する。人間社会における個人の独自な存在ということについても、全く同様なことがいえる。だから、もし人間が他人の独自な存在の意義を認識し尊重することを忘れるならば、それはやがて、自己の存在の意義をも否定することになるであろう。個人の尊厳ということは、こうした人間の相関関係において理解さるべきであって、決してばらばらな個人の絶対性を認めたものと解すべきではない。

・仕方のない人

何につけても「仕方がない」という人間ほど仕方のない人間はない。

・職務上の上位者たる資格

職務の上での上位者が、人間としてはむろんのこと、知識技能の点においても上位者であることは極めて望ましいことであるが、必ずしもそうでないのが実際社会の現実である。そしてこの現実を謙虚に認識するところに、職務上の上位者が上位者としての責任を果す道が残されているのである。

・私ののぞむ人生・世界

私は不満のない人生をおくりたいとは思わない。私ののぞむ人生は、不満が平和をみだす原因とならず、創造への動機となるような人生である。私は苦悩のない世界に住みたいとは思わない。私の住みたい世界は、苦悩が絶望の原因とならず、勇気への刺戟となるような世界である。

・大事の思案と小事の思案

「大事の思案は軽くすべし」これは鍋島直茂の壁書の一条である。石田一鼎はこれに註して「小事の思案は重くすべし」といった。常住不断に小事の思案にとらわれて、大事の思案をおろそかにしている者にとっていずれもよき箴言である。

・鋭敏な知性の反社会的傾向

鋭敏な知性がそれ自身の中に抱いている最大の危険は、社会を冷眼視することによって、その知性を反社会的ならしめることである。

・同情は必ずしも是認を意味しない

何をしていいかわからないという現代青年の悩みには心から同情する。しかし、だからといって、何もしないでいる彼等の態度を是認するわけには行かない。

・選挙運動の立証する一つの真実

自分のためだけに生きている人ほど、自分の価値を世間に認めてもらいたがる人はない。このことが最もよく証拠立てられるのは選挙運動の場合である。

・暗い過去

暗い過去は少しでも早く忘れるがいい。しかし、暗い過去から得た教訓だけはいつまでも忘れないようにしたいものである。

・境遇の奴隷

境遇の奴隷に二種類ある。その第一種は、あきらめて境遇に流される人、第二種は、反抗心のために自制力を失って狂暴になる人。

・生活の科学化と合理化

生活の科学化や合理化の目的は、人間の進歩向上にとって意義の少い労苦の時間を、もっと意義ある労苦の時間にふりむけることにある。もしそれが安楽を目的として行われるならば、それは人間の生長にとって、科学的でもなければ合理的でもない。

・理想を語ることについて

理想を語ることは決してわるいことではない。しかし、もしそれが雄弁に過ぎたり、それにあまり多くの時間が費されたりするならば、その語られた理想は、それがどんなに見事なものであろうと、真の理想家の言葉だとはいえないだろう。真の理想家は、その理想の実践により多くの時間と精力とを費そうと努力するものなのである。

・来客の二種類

人の顔さえ見ると何か教えようとする人がある。そういう人からは大てい何も学ぶことがない。人の顔さえ見ると何か学ぼうとする人がある。そういう人にはほとんど何も教えてやることはない。

・封建女性と戦後派女性

自主性のない愛情は封建女性の美徳であった。愛情のない自主性は戦後派女性の悪徳である。

・敬虔な態度について

ある人が神や目上のものに対してとる敬虔な態度が果して本物であるかどうかは、その人が目下のものや動植物に対しても等しく敬虔な態度をとりうるかどうかによって判定される。

・ぬる風呂所感

ぬる風呂というものは、はいっていて気持のいいものではない。しかし、出るとなお寒いから、なかなか出られないものである。もしそんな気持で自分の職業に従事している人があるとしたら、その人は何と不幸な人だろう。そしてそんな不幸で一生を終る人々が、何とこの世に多いことだろう。

・自己を知る法

独坐して自己を反省するのも、たしかに自己を知る一つの方法ではある。しかし、より一層たしかな方法は、実務や他人との接触の中でたえず自己を見つめていることである。というのは、前の場合においては、たいていの人はいくらか自分で自分を弁護したがるものだし、後の場合には、ほとんどその余地が残されていないからである。

・人の長所を知る利益

相手に愛せられるためにも、相手に打克つためにも必要なことは、相手の長所を知ることである。

・秘密の魔性

「秘密」には魔性がある。たいていの人は、それを知らない間は知りたがって落ちつかないし、それを知ると誰かにそれをもらしたがって落ちつかない。そして、それをもらすと、今度はもらしたことをかくそうとして落ちつかないのである。

・高慢は馬鹿の一種

馬鹿は必ずしも高慢ではない。しかし高慢な人はすべて馬鹿である。

・善悪が逆になる場合

自分で自分を支配する力のないものにとっては、束縛が善であり、解放は悪である。

・体験から出た言葉

体験からにじみ出た言葉は、それがどんなに平凡なものであっても、極めて有力なものである。しかし、それが効力を発揮するのは、名論卓説が出つくしたあとであって、決してその前ではない。それは、香の物のほんとうの味がわかるのは、ご馳走をたらふく食ったあとであって、その前でないのと同じである。

・どんな人に政治を托したいか

何の権力も持たないでも、それを持たないという意識にとらわれず、最大の権力を握っても、それを握ったという意識にとらわれない人、そういう人でなくては、真に安んじて政治を托するに足りない。

・世間的成功

世間的に成功しないのを恥じるのは、必ずしもいやしむべきことではない。いやしむべきは、ただそれだけしか恥じることを知らないことである。

・美辞はしばしば遁辞に用いられる

知己を後世に求めるということは、いいことである。もしそれが、現代に知己を求める努力を怠ったことや、知己を求める自信のないことの遁辞でさえなければ。

・過去・現在・未来

過去は前進を基礎づける力であると同時に、それを阻止する力である。未来は前進を刺戟する力であると同時に、それを迷わす力である。正しく現在に立脚する者のみが、正しく過去と未来との力を生かすであろう。

・雪

雪のように清浄でありたい、しかし、雪のように冷たくはありたくない。また雪のようにすぐ不浄の中に溶けてしまいたくはない。

・現代の正直者

今の時代では、馬鹿正直といわれる人たちだけがほんとうの正直者で、その他の人たちはすべて不正直だといっても、大していい過ぎではないようである。

・時代を超越するということ

時代を超越するというのは、時代と没交渉になることではない。それどころか、それはいかなる時代にも生かされうるような真理を堅確に把握して、時代の奔流の真只中に厳然として立つことなのである。

・作者自身を向上させる作品

ある芸術作品が、その制作の過程において、作者自身を人間として向上せしめることが出来なかったとすれば、それは決してすぐれた作品であるとはいえない。このことはおそらく芸術以外の仕事についても等しくいえることであろう。

・忘れがたい顔

人々にとって最も忘れがたく感じられる顔は、愛人と敵（もしあれば）のそれであろう。愛人の場合は、むろんそれでいい。しかし、敵の顔がいつも念頭をはなれないということは決して幸福なことではない。もし愛人の顔と共に恩人の顔が、そして敵の顔の代りに悩める人たちの顔が、たえず念頭に浮ぶとすれば、その人はこの上もなく幸福で、しかも高貴な人間であるといえるであろう。

・怒りと冷笑

どんなに烈しい怒りの言葉でも、皮肉な冷笑ほどには、友情を冷却させないものである。

・自分以上に見せかけようとする誘惑

自分を自分以上に見せかけようとする誘惑をいささかも感じない人間は、おそらく絶無に近いであろう。この誘惑はある意味では人間の生長に役立つものであるが、しかしそれに打克たないかぎりは、真の意味における人間の生長は期待されないのである。

・怒りはしばしば虚栄の表現である。

貴方の怒りは虚栄心の表現でしかない、といわれたら、大ていの人は怒るであろう。だが、その怒りもまた大ていは虚栄心の表現でしかないのである。

・譲歩と支配

僅かに一歩をゆずることによって、却って相手の全部を支配しうる場合があり、僅かに一歩を進むことによって、却って相手に自己の全部を支配される場合がある。

・無心と一心

無心になるとは一心になることである。一心になるとは自己の一切をあげて至高の願いに集中することである。至高の願いに集中するところに迷いはない。迷いなきがゆえに無心というのである。

・戦わないための勇気

過去においてわれわれは戦うために大きな勇気を要求された。今は戦わないために一層大きな勇気を要求されている。そして前の場合においては、しばしば虚栄心を勇気の代用にすることが出来たが、後の場合においては、絶対にそれが許されない。そこに大きな困難があるのである。

・古きもの

古きものは古きがゆえに捨てられてもならないし、また古きがゆえに大事にされてもならない。なぜなら、そのあるものは生命の根であり、またあるものは生命の落葉でしかないのだから。

・これは真実

負けたと思うまでは負けていない、というのは、たいてい負け惜みの自己欺瞞である。しかし、不幸だと感ずるまでは不幸ではない、というのはおそらく真実だろう。

・定食か一品料理か

定食を与えるがいいか、一品料理を選ませるがいいか。これは料理についてだけではなく、教育についても考えてみたいことである。

・鏡を見る女

女が最も真剣になる場合の一つは、鏡の中の自分の顔をのぞくときである。しかし、彼女たちはどんなに真剣になっても、決して皮膚の奥までをのぞこうとはしない。

・バックボーン

背骨や腰骨はただ強いだけでは十分でない。必要に応じて前後左右に自由に動くことが同時に大切なのである。

・無知な愛情について

盆栽に水を与え過ぎて根をくさらすような人間を、私は尊敬する気には少しもなれない。しかし、そんな人間でも、水をあたえることをまるで忘れているような人間にくらべると、はるかに人間らしいといえるであろう。無知な愛情も、全然愛情がないよりはましなのである。

・まじめな人間

まじめな人間というのは、たえず自分が自分と対決している人のことである。他人との対決におけるまじめさは、必ずしもその人がまじめな人間であるということの証拠にはならない。なぜなら、それはしばしば最もふまじめな人間によってとられる偽装でしかないからである。

・くりかえし

どんなうそも、くりかえし説いていると真理と信じられがちなものであり、どんな真理も、くりかえし説かないと、真理とは信じられないものである。

・馬鹿は狂人にまさる

このごろの知識的青年は、馬鹿と呼ばれるよりは、むしろ狂人と呼ばれることを好んでいるかのようである。私は、おりおり、これがもし反対だったら日本の将来はもっと心丈夫になるのではないだろうか、と思うことがある。

・妙手と修練

せっぱづまった時の妙手は、その場の才覚ではめったにひねり出せるものではない。不断の修練による習慣性、いわば一種の本態が期せずしてそれを生み出すのである。

・愛され過ぎた子供

愛にうえた子供の心のゆがみは教育上常に問題視されるが、愛されすぎた子供の心のゆがみは、とかく見過ごされがちである。しかし、どちらのゆがみが教育上より重大であるかは、軽々にはいえないことである。というのは、愛の不足は愛をもって補うことが出来るが、愛の過多は憎みをもってそれを加減することが出来ないし、しかも、将来の社会に及ぼす害悪は、前者よりも後者が小さいとは必ずしもいえないからである。

・手袋と格言

手袋をはめた手では精密な機械は取扱えない。格言で武装した心では生きた人間は育てられない。

・礼儀について

礼儀の理想は、おたがいに自分をさらけ出して、しかも完全な調和を保つことにある。だから、礼儀に背くまいとして強いて口をきいたり沈黙を守ったりするのは、礼儀としてはまだ十分だとはいえない。しかし、言いたいことを存分に言おうと、或は沈黙を守ろうと、それらが少しも礼儀に背かないようになるのは容易なことではない。それは恐らく、人間の徹底した誠実さのみが可能にするであろう。

・すきとゆとり

すきだらけの人間が、いかにもゆとりのある人間のように思いちがいされ、自分でもそう信じているらしい場合はけっしてめずらしくない。しかし、すきとゆとりとは本来似ても似つかぬ心の状態で、すきがないからこそゆとりがあるのである。まちがわないようにしたいものである。

・長者の万燈と貧者の一燈

長者の万燈に眩惑して、貧者の一燈の精神的価値を忘れるところに真の教育はない。しかしまた、貧者の一燈の精神的価値のみを強調して長者の万燈の現実的価値を無視するところに、生きた教育はない。

・反省の仕方から反省せよ

日本人が反省を求められて素直に反省するのはいい。しかし、人にいわれるままに何もかも悪かったと思いこむならば、それほど無反省なことはない。反省は、それが自主的であるかぎりにおいて反省だといえるのである。その意味で、日本人は先ず反省の仕方から反省してかかる必要がある。

・錠前に合った鍵

「ハンマーでは錠前は開かない。その錠前に合った鍵でなら開く」――これは印度の詩人タゴールの言葉である。私はこれにつけ加えていいたい。「その鍵は売物には出ていない。それを貸してくれる人もいない。ほんとうにそれが入用なら、自分でそれを作るよりほかはないだろう。なぜならそれは愛というものなのだから」

・よい世論

多数の意見だからよい世論だとは必ずしもいえない。よい意見だから多数が支持する、それがよい世論である。よい世論の構成には、だから、相当の時間と手数とを惜んではならないのである。

・貧しさを知るがゆえに豊かである

謙虚になって自分の心の貧しさを知ることほど、人間の心をゆたかにするものはない。もしそれ以外のことで心のゆたかさを求めようとすれば、心はいよいよ貧しくなるばかりであろう。

・不幸の原因を大きくする幸福

自分の努力以外の力にたよって幸福を得たがる人は、幸福を得るごとに却って不幸の原因を大きくするものである。というのは、生命の弱化ほど人間を不幸にするものはないのだから。

・奇妙な心理

たいていの女は、自分の写真を人に見せる場合、自分の実際の顔よりも美しくとれた写真を選んで見せたがるものである。これは奇妙な心理である。しかし、この奇妙な心理を笑う資格は男子にもない。それは写真の代りに、社会的地位とか名声とかいうものを置きかえて考えて見れば、すぐわかることである。

・宗教堕落の第一歩

宗教の生命は、あくまでも個々人の魂をその対象とするところにある。このことを忘れて、関心の中心が社会的勢力としての宗派宗団にうつる時、そこから堕落の第一歩がはじまるのである。このことは、いかに宗教人の抗議があろうとも、世界の歴史が明らかに証明しているところである。

・どちらがよりよく伸びているか

新しいものがすぐ古くなったように見える人と、古いものが見るたびごとに新しくなったように見える人と、どちらがほんとうに心の伸びている人であろうか、よくよく考えて見たいものである。

・時は生命

「時は金」という言葉は「時は仕事」という言葉にあらためたい。そして、「時は仕事」という言葉は「時は生命」という言葉と同義語にしたい。

・小事に心を労したくないという人

大事を行うために小事に心を労したくないと公言する人があったら、その人は、まちがいなく、大事にも心を労していない人である。真に大事を志す人は、自ら好んで小事をおろそかにしようとは決して思わない。むしろ、小事に心を注ごうとして、そのいとまなきを憂えているのである。

・孤独にも種類がある

よき友を求めて得られざるがゆえに孤独な人がある。無差別に人と交るがゆえに孤独な人がある。

・ていねいすぎる言葉

ていねいすぎる言葉というものは、時として悪罵以上に不快の種になるものである。

・子供をいかに遇するか

子供というものは、親にほんとうに信用されているという自信があると、めったにうそをいったり、かくれて悪事を働いたりはしないものである。また、自分が興味をもっていることに親も興味をもっているということがわかると、行動が活き活きとして来るし、年齢相当に能力が認められ、それにふさわしい責任が与えられると、大ていの困難に打克ってそれを果すことが出来るものなのである。

このことは、世の親たちにつぎのことを教える。それは、子供をいかに教育するかを考える前に、子供をいかに遇するかを考えなければならないということである。

・知識の不消化について

知識の過食ということはない。しかしその不消化ということはある。知識の不消化は決して過食のためではなく、生かじりのためである。

・人事をつくして天命をまつということ

人事をつくして天命をまつのはいい態度である。しかしたいていの人にとって、それはあぶない。というのは、果して人事をつくしたかどうかを知ることは、何人にとってもほとんど不可能だからである。

・錬磨の功

とっさの出来事を、泰然として一瞬に処理する能力は、どんな俊敏な頭脳の中にもたくわえられてはいない。それは体験に即し、事上に錬磨の功を積んで得られた意識下の能力なのである。

・一心不乱の美

自分の為すべき仕事に一心不乱になっている時ほど人間が美しく見える時はない。

・言葉の魔術

標語や格言は、それが普及されると、もうそれだけで、それが実践されているかのような錯覚を人々に起させがちなものである。大ていの知識人は、思いついたことを書いたりしゃべったりすると、もうそれだけで自分がその実践者であるかのような錯覚を起しがちなものである。言葉の魔術はおそろしい。

・腹を立てる場合

たいていの人は、相手の悪に腹を立てるよりも、むしろ自分に弱味があるために相手に対して腹を立てる場合が多いらしい。

・後悔はむだではない

後悔してもとりかえしがつかないという意味で、後悔はたしかにむだである。しかし、とりかえしがつかないと思えばこそ後悔もするのである。そして後悔しない人より後悔する人の方が人間としてはるかに伸びる見込があるとすれば、後悔は決してむだではないのである。

・自己を知る方法について

自分をほんとうに知りうるものは、自分だけである。そのくせ、自分を最も知らないものも自分である。そしてこの矛盾を解決する道は、ただ一つしかない。しかも極めて困難である。それは謙虚になることである。

・大きな失言

「隣国の戦乱がわが国の外交的立場を有利にした」――もしかような言葉を一国の宰相が国民に向って公言したとすると、これほど大きな失言はない。またこれほど大きな国辱はない。そしてまた、かような言葉を失言とも国辱とも感ぜず、むしろ喜んで受取った国民があるとすると、これほど平和と文化の理想に縁の遠い国民はないであろう。

・人間の弱味と強味

おたがいに助けあわないと生きて行けないところに、人間の最大の弱味があり、その弱味のゆえにおたがいに助けあうところに、人間の最大の強味があるのである。

・子供に絶望の習慣を養っている親

子供に何か話しかけられるのを面倒くさがる親ほど、根気よく子供に絶望の習慣を養っている親はない。

・偏愛について

偏愛ほど教育的に見て有害な愛はない。それは全然愛がないより一層有害だとさえいえる。冷淡は、それが相手のすべてに対して公平に示されさえすれば、相手の心に深い痛手をあたえるものではないが、不公平にふりまかれる愛は、全然そのわけ前にあずからない相手の心に一生いやしがたい傷を負わせるばかりでなく、少しくわけ前にあずかる者にもある程度の傷を負わせ、最も多くのわけ前にあずかる者に対してさえ、しばしばちがった意味で大きな傷を与えるものである。

・溺愛について

偏愛の事実のあるところには、かならず溺愛の事実がある。なぜなら、いささかも溺愛の性質を帯びない偏愛というものはあり得ないし、偏愛することそのことが、すでに一種の溺愛を意味するからである。そして溺愛の教育上有害なことは今更いうまでもない。それは、しばしば残忍とえらぶところがないほど相手の生命を萎縮させ、その自律性を奪うものなのである。

・良心的ということ

人間は良心的であるほどいいことはない。しかし、良心の命令に従うまえに、自分の良心が果して健全であるかどうかを疑って見るほど良心的でないかぎり、その人はまだ真に良心的であるとはいえない。

・思想家の名に値する思想家

謙虚に世界のあらゆる思想に学びつつ、しかもあらゆる思想から自由でありうる人だけが、思想家の名に値する思想家である。真の思想家は独善を厭う。だから謙虚に学ぶのである。真の思想家は創造を尊ぶ。だからいかなる思想からも自由なのである。

・自分の親切と他人の親切との価値は人によって逆になるということ

自分のどんな小さな親切を行うにも大ぎょうでなければ気のすまない人は、他人のどんな大きな親切でも、事もなげに受ける人である。自分のどんな大きな親切でも事もなげに行う人は、他人のどんな小さな親切でも合掌して受ける人である。

・集団意志の構成と実践を忘れて教育はない

集団意志を構成してそれを実践にうつす過程を正しく導くこと、これが教育のはじめであり、終りである。なぜなら、この過程のみが人間をして「個」と「全」とを同時に体験せしめ、生命にその正しい生長の機会を与えるからである。

・良心の自由こそ一切の自由の基底

良心の自由が、社会生活におけるもろもろの自由によって保護されなければならないことは、いうまでもない。同時に、社会生活におけるもろもろの自由は、良心の自由を求めざる者にとっては全く無意味であり、有害でさえあるということも、また忘れられてはならないことである。

・文化向上の速度

一国の文化が向上したか否かは、それを世界文化の一環として考える場合、その向上の速度ということをぬきにしては判定されない。なぜなら、遅々たる前進は、迅速なる前進に対しては落伍者としての前進でしかないし、相対的には退歩を意味するに過ぎないからである。

・後悔は一度でよい

一つの過失についての後悔は一度で十分である。もしその後悔が、決してわれわれに同一の過失をくりかえさせないほどの力をもったものでさえあれば。

・二つの恐ろしいこと

人生にはおそろしいことが少くも二つはある。その一つは恐怖心にとらわれることであり、もう一つは恐れを知らないほど高慢になることである。

・忠言に報いる忠言

「いかなる国家も、その国土の生産力をこえて人口をふやす道徳的権利はない」といった一外人がある。日本に対するこの親切な忠言に報いるために、われわれの方からも一つの忠言を呈しておく必要があるようである。それは「いかなる国民も、他国民の窮乏を無視して、広大なる資源を独占する道徳的権利はない」というのである。

・妥協と節操（一）

妥協は毛ぎらいされてはならない。それは必ずしも無節操を意味するものではない。もし妥協せざることによって双方ともに一歩も前進が出来ない場合、妥協することによって双方ともに半歩を前進することが出来るならば、妥協は節操の名においてもほめらるべきであろう。なぜなら、節操とは理想に向って前進をつづける意志の堅確さを意味し、そしてこうした場合の妥協は、重荷を負うて前進をつゞけることに外ならないからである。

・妥協と節操（二）

目ざましくはないが、しかし安全な進歩で、妥協によらないことはまれである。目立たないが、しかし救いがたい社会の堕落で、妥協によらないこともまたまれである。妥協が進歩の原因となるか堕落の原因となるかは、ひとえに妥協する者の節操の有無によってきまることである。

・日常の業務と政治

国民の大多数が日常の業務を忘れて政治問題に神経をとがらす結果は、国民生活の内容を貧弱にし、国民の神経をとがらすような政治問題をいよいよ多くするばかりであろう。反対に、国民の大多数が日常の業務だけに没頭して政治に無関心である結果は、国民生活の有機的組織を病弱にし、結局は、国民が日常の業務に没頭することを不可能にするであろう。要は、日常の業務をとおして政治に関心し、参与しつつ、不断に政治問題に神経をとがらす必要のない状態を作ることである。

・「考えてから」と「考えながら」

「よく考えてから仕事にとりかかれ。仕事にとりかかったら無我夢中になれ。」これは価値ある教訓の一つである。だが、「仕事をしながら考えよ。考えながら仕事をせよ。」というのも、また価値ある教訓の一つであるにちがいない。そのいずれを選ぶべきかは、仕事の質と時にもよるであろうし、また選ぶ人の性向にもよるであろう。よく考えて選ぶがいい。

・垢ぬけした人

垢ぬけのした人というのは、微塵も自分にとらわれないで、しかもあざやかに自分を生かしている人、いいかえると、その人の独自性と意志の自由とが、宇宙人生の大きな法則にぴたりとはまりこんで、過不足のない人をいうのである。

・意欲の逆転

創造の意欲が現実に対する何等かの不満感に出発することはいうまでもない。しかし、その不満感が、現実を作っている周囲の人々に対する憎悪の念を伴う場合、創造の意欲はしばしば却って破壊の意欲となってあらわれがちなものである。

・自信と強制

自分に確信のある人は、他からの強制を断じて退けるばかりでなく、また他を強制することを極度に恥じるものである。それは、強いて他人を自分の型にはめこんだり、自分の意見に従わせようとしたりするのは、自分に確信のないことを証拠立てる以外の何ものでもないからである。

・情熱と克己心

情熱をさげすむ克己心は人生を氷にとざし、克己心をさげすむ情熱は人生を炎に投ずる。両者は共に強いほどよいし、人間生活の逞ましさは、常に強い情熱と強い克己心との公正な対決をとおして見られるのである。

・稚拙を装うこと

稚拙の愛すべきを知って稚拙を装うほど卑しむべき技巧はない。

・虚栄心の一作用

自分には虚栄心がないと人に思われたがるのも、やはり虚栄心の一作用である。そして、そうした虚栄心の作用から自由である人を、私はめったに見たことがない。

・過去と未来の比重

過去は確実不変な事実である。そして現在の自己は、この確実不変な事実の集積以外の何者でもないのであって、それはもはや絶対に改変を許されない。ただわれわれは、つぎつぎに未来の新しい事実をそれにつけ加えることによって、過去の事実のそれに対する比重を徐々に軽減しうるに過ぎないのである。しかし、これは決して悲観すべきことではない。なぜなら、未来の事実の質と量との如何によっては、過去の事実の比重をほとんど無に等しいほど小さいものにすることが出来るのだから。

・最大の過失

何もしない人には過失はない。しかし何もしないことほど大きな過失が人生にあろうとは思えない。

・弱い主張の強さ

弱い人間の弱い気持から出る弱い主張ほど実は強い主張はない。それを弱いと感ずる人は、真の政治家でも、教育家でも、芸術家でもないのである。

・政争か私闘か

公けの問題についての意見の対立が、私交上に影響を及ぼすということは悲しいことである。私交上のわだかまりが、公けの問題に影響を及ぼすということは恐ろしいことである。そして、政治勢力の分野が常にこの二つの心理のからみあいによって決定されているということほど、現在の日本を不安にしているものはない。

・腹八分の功徳

腹八分の功徳は、飽食しうるものだけが理解しうる功徳である。それはみだりに飢えたるものの前で説かるべき功徳ではない。この道理を知らない政治家が、民衆の前で耐乏生活を説き、しばしば言葉の使用を誤って、効果を逆にしていることはまことに悲しむべきことである。

・愉快な刺戟

自分に反省をうながすような刺戟は、必ずしも愉快な刺戟ではない。しかしそれを愉快にうけ容れる人にとっては、それ以上の愉快な刺戟はない。

・生地と鍍金

生地は磨けば磨くほど光る。鍍金は磨けば磨くほどはげる。

・法律の意味

人間の社会に法律の必要があるということは、人間にその法律を破るような性質が本来備わっているということの何よりの証拠である。その意味で、法律のただの一条も、人間の悪徳の記録でないものはない。そして法律の条文がふえるということは、人間の悪徳がつぎつぎに発見されて行くということを意味するのである。

・恩恵か取引か

自分が恩恵をほどこしてやった人を「恩知らず」とののしる時、その恩恵はもはや恩恵でなくて取引きに変じている。

・心の老若

未知の世界をいつも身近かに感じている人は、いつも心がわかわかしい。人は心が老いるにしたがって、未知の世界の広大さを知ることは出来ても、それを身近かに感ずることが出来なくなるものである。

・自分の顔に対する責任

人間の肉体の構造は、その人間の心が住みよいように、たえず改造されて行くものである。人間は、だから、リンカーンがいったように、三十歳にもなれば、自分で自分の顔に責任をもつのが当然である。

・偉そうな顔

偉そうな顔ほど偉くない顔はない。

・忠告の趣味

人に忠告してもらうということはありがたいことである。しかしそれにも一つの例外がある。それは、忠告を趣味にしているような人から忠告をうける場合である。

・完全な行為はない

完全な行為というものはめったにあるものではない。人を不幸から救った場合ですら、その人の自主性や自尊心をきずつけなかったとは必ずしもいえないのだから。

・不必要な必要の増大

「文明とは、不必要な必要を、無限に増加することである。」といったマーク・トウエーンの言葉の真実性はうたがえない。しかし、だからといって、今となっては、火で食物を煮ることや、着物を着ることや、家をたてることまで、不必要の必要だといってしまうのもどうかと思われる。そして文明にとって何よりも大事なことは、今では決して不必要だとはいえないような、そうした必要が、一方ではまだ十分にみたされていないうちに、他の一方で、新しい不必要な必要が、次から次に増加されて行くことを、極力制限することでなければならない。文明が人間意志の所産であるかぎり、そして政治や道徳や宗教が文明の車輪の軸心である限り、それは困難ではあっても、決して不可能ではないはずである。

・幸不幸の種

幸福の種も、それをまく時のちょっとした不注意で、不幸の芽を出すものであり、不幸の種も、それをまく時のちょっとした工夫で、幸福の芽を出すものである。

・たえがたい不幸ということ

世の中にたえがたい不幸というものはない。なぜなら、ある不幸をたえがたい不幸だと感じているかぎり、現にその不幸にたえて生きているのだから。

・尊敬にも種類がある

尊敬されれば尊敬されるほど謙遜な人はまちがいなく尊敬されている人であり、尊敬されれば尊敬されるほどいばる人は、その実、ほんとうには尊敬されていない人である。

・腹を立てない修業

腹を立てない修業を積まないかぎり、ほんとうの民主化はのぞめない。なぜなら、腹が立ったときにファッショ化しない人はまれなのだから。

・怒りやすい人

挑発されて怒りやすい人ほど、怒るべき時に怒ることを知らない人である。

・行動を左右するもの

たいていの人間の行動は、多少とも世間ていに左右されている。自分の自主性に強い自信を持っている人の行動でさえ、その自主的行動が、世間に対する誇りとか名誉とかいうものに支えられていない場合は稀である。純粋に自分自身の必要から行動するのは、おそらく非常な賢者か、非常な愚者だけであろう。

・胃袋と頭脳とのちがい

胃袋の強健を誇って食物を欲しない人を未だかつて見たことがない。しかし、頭のよいのを誇って学ぶことを欲しない人には、何としばしば出会うことであろう。

・功績のない人の心理

人なかで、「自分は自分の功績を他人に認めてもらいたいとは思わない」などと公言する人は、たいてい、人に認められるほどの功績のない人であり、そして、もしちょっとした功績でもあれば、それをふいちょうしないではいられない人のようである。

・公共ということ

もしすべての人が、すべての場合に、「公共のために」ということと「自分のために」ということとの間に一線を劃するならば、公共というものはどこにもない。公共というのは、常に自分をふくめての謂いなのである。

・清貧について

清貧に安んずることの道徳的価値は疑う余地がない。もしそれが怠惰と無能力との余儀ない結果でさえなければ。

・批判精神について

批判をしても何の危険もないようになってからの批判は、たといそれがどんなにすばらしいものであろうと、かならずしも、すぐれた批判精神の産物であるとはいえない。それどころか、それは時として極めて念入りな迎合心理の産物だとさえいえるであろう。およそ批判は、その批判を必要とする時期においては、かならず何ほどかの危険を伴うものであるが、その危険を意識しつつそれを恐れざる精神こそは、真の批判精神にとって、先ず第一に欠いてはならないものなのだ。

・政治と哲人

沈黙家には現代の政治は任されない、かといって口舌の徒にはなおさら任されない。哲人政治は望ましくないとしても、哲人はやはり政治に必要である。

・支配欲

人を支配したがる人は、自分を支配する力が十分でない人である。見事に自分を支配している人は、決して人を支配する必要を感じないし、従ってそれを欲しない。彼はただ人を愛し、人を生かしたいと願うだけである。

・托鉢の心

もらって歩く姿で与えて歩くのが、昔の托鉢者の心であった。与えて歩く姿でもらって歩くのが、今の社会事業家の心でないことを望む。

・仕事の量と質

自分の果しうる仕事の量が少いのは、かならずしも恥ずべきことではない。ただ、仕事の質だけは常に最上であるように心がけたいものである。

・かざり気

草木は、果実がふくらみ出すと、花を散らす。人間は、生活が深まり出すと、かざり気がなくなる。共に自然の法則である。

・言葉の強弱

強いことをいう弱い人は、弱いことをいう弱い人よりも常に有害である。弱いことをいう強い人は、強いことをいう強い人よりも、しばしば有用である。

・リンカーンと孔子

リンカーンは彼の民主主義を説明して、「私は奴隷にはなりたくない。だから奴隷を使う人にもなりたくない」といった。孔子は、一言にして終身行うべき道を「恕」といい、更にそれを説明して「己の欲せざるところを人に施すことなかれ」といった。達人の達見は時処をこえて符節を合するがごとくである。

・舌

人間の肉体の中で、舌ほど強慾な部分はない。また舌ほどずるくて恥を知らない部分もない。もし舌を完全に制御しうる人があったら、その人は天才ではないかも知れないが、少くとも非凡な意力の持主だといえるであろう。

・鼻

顔のまん中に突出していながら、眼や口にくらべて、いかにも愚かで無能らしく見えるのは鼻である。しかし鼻には、眼や口のようないたずらや、うそがない。それは徹底して馬鹿正直である。そして、文字通り不眠不休で、極めて確実に全体のために奉仕しながら、しかも同時に顔全体の調和を保っている。その点からいって、それが顔のまん中に突出しているということは、決して不合理なことではない。思うに、人間が鼻を顔の真中に突出させているということには、一つの重要な意義がある。それは、どんな人にも社会の表面にのり出して人々の中心に立つ機会が来ないとはかぎらないし、万一にもそうした機会が来た場合は、その人は、自分の行動の模範を極めて容易に自分の鼻に見出すことが出来るであろうということである。

・不死鳥と灰

身を焼いて灰の中からよみがえる不死鳥も、よみがえるには少くともその灰を必要とする。過去の否定は、だから、極端であってはならないし、また、いそぎすぎてもならない。何よりも先ず新しき生命の羽ばたきを聞こう。そしたら、否定さるべきものはおのずからにして否定されるのだ。

・孤独と共存

孤独にたえることと人と共に生きることとは決して矛盾することではない。それどころか、前者は後者にとってかくべからざる条件でさえある。というのは、真の意味で人と共に生きるには徹底して良心的でなければならないし、そして徹底して良心的であろうとする人にとっては、孤独は不断の覚悟でなければならないからである。

・トンネル

どんなに長いトンネルでも、われわれが進むことをやめさえしなければ、いつかは通りぬけられるであろう。そして、通りぬけてしまえば、もうその暗さは呪うべきものではなく、むしろ一つの体験として有益な思出となるであろう。とにかくせっせと歩むにこしたことはない。

・夢見る力

「夢見る力のないものは生きる力もない」という言葉がある。これはすべての青年に記憶されていい言葉である。しかし、ある種の青年にとっては、「夢見る力だけしか持たないものは生きる力がない」という言葉の方が、より一層適切であるかも知れない。

・絶食的自主性

負けじだましいと気位ばかり高くて謙虚に学ぶことを忘れた自主性がある。これを絶食的自主性という。悲壮な喜劇である。

・罪は民衆にある

権力の地位についておごらなかった政治家はまれである。信者がふえて堕落しなかった宗教家はまれである。総じて人は、窮迫した時にはみだれなくても、羽振のよい時にはみだれがちなものであり、しかもその害悪の及ぶところは、羽振がいいほど大きいものである。そして人間のかような弱点の暴露とそれから生ずる害悪とは、民衆の大多数が事大主義的であるかぎりは永久にさけられないであろう。

・国民の要求と政治

すべての国民の要求をみたしてやろうと努力する政治よりも、すべての国民によき要求を持たせようと努力する政治の方が、より容易にすべての国民の要求をみたすことが出来るものである。

・知識と教育

生徒に該博深遠な知識をさずけようと努力する教育よりも、彼等に知識に対する欲求を起させようと努力する教育の方が、より早く彼等の知識を該博深遠ならしめることが出来るものである。

・誠実と正しさ

誠実な行いがすべて正しいとは必ずしもいえない。しかし誠実でない正しい行いは絶対にない。

・未来の信号

未来というものは、燈台と同じように、われわれのために常に二つの意味をもった信号をかかげている。その一つは「希望をもて」という意味であり、もう一つは「危険を警戒せよ」という意味である。もしわれわれが、この二つの意味の一方だけしかわからないとすれば、未来はおそらく、われわれを心からの笑顔をもっては迎えてくれないであろう。

・意志についてある青年に答う

「君は恵まれすぎた境遇に育ったために意志が弱い、といって歎いている。しかしそれに打克つ道は、君が現在の境遇からのがれてわざわざ逆境を選むことではない。君は、君の現在の幸福を足場にして、不幸な人たちのためにたえず何事かを考え、計画し、そしてそれを実践にうつすべきだ。君がもし私のこの意見に同意し、根気よくその努力をつづけて行くならば、君はおそらく一年とはたたないうちに、君自身の意志の強さについて自信を持ちうるようになるであろう。しかも、そうして練られた意志の強さには少しの危険もない。逆境で練られた意志の強さは、しばしば冷たい意志や、ゆがんだ意志の強さになりがちなものだが、君は君自身そうした危険をさけうるだけでなく、他人をその危険から救うことさえ出来るであろう。恵まれた境遇というものは、その意味からいっても、逆境よりは遙かにいいものなのだ。君が君の境遇に甘やかされまいとする気持はよくわかる。それは尊い気持でさえあるといえるだろう。だがその方法をあやまると、君は愛情に対する反逆者にならなければならないのだ。愛情に対する反逆からどんなに強い意志が生れて来ようと、君は一体それを何に役立てようというのだ。ことがらはあまりにもはっきりしている。強いて人生をいびつにするような考えは一刻も早くすてるがいい。」

・ただ一度の過失

ただ一度の過失は多くの場合過失ではない。それはむしろ、向上のための必要な段階でさえある。

・人間とは

どんなに堕落しても向上の機会を持ち、どんなに向上しても堕落の機会を持つ。それが人間である。

復刊に寄せて

私がこの文章を書いている2020年4月上旬は新型コロナウイルス感染症の流行で7都府県に緊急事態宣言が出され、私が勤務している大阪の学校でも、3月から始まった臨時休校が新年度を迎えても解除されずに、出口の見えない日々が続いています。

そんな中、「読書のすすめ」の清水店長から、名著『青年の思索のために』が復刊されると伺ったので、久しぶりに読み返しました。

私の手元にある本は鍵山秀三郎先生が「志ある方に」と配られたうちの一冊で、ある方を通じていただいたものです。私がそれを頂戴するに値するかは別にして、そのような本が復刊されるということはたいへん喜ばしいことであり、また今このタイミングでの復刊にも大きな意味があることだと感じています。

著者が〝卒業前のある学生に与えた手紙〟として紹介されている文章の中に「君は、君がこれまで学窓生活において享受してきたような消費の自由を、これからの生活に期待してはならない。君のこれからの生活は生産第一であり、消費は生産に必要な限りにおいて最小限度に許されることなのだ」という一節があります。

今、新型コロナウイルスの前に社会の大部分が消費一辺倒の生活に陥ろうとしています。経済活動（生産）の多くを制限することで、確かに新型コロナウイルスに感染する危険は減少するでしょう。

しかし、生産によって実生活が支えられていることも事実なので、これが長引けば、経済の破綻によって生きていけなくなる危険の方が、コロナウイルス感染症で命を落とす危険を上回ることは明らかです。「安全」も生産に必要な限りにおいて最低限に守られるべき消費のひとつなのかもしれません。

また、今はこのような状況下でも、医療やライフラインに従事されている方々が、いつもどおり、いや、いつも以上にがんばってくださっていることで生活が何とか成り立っていますが、今回の一斉休校で、自分の命を守ることを最優先だと教えられた子どもたちが大人になったときに再びこのような事態が起これば、そのとき社会は成り立つのでしょうか。私たち教員は何を教えていけばいいのかということを考えさせられます。

『青年の思索のために』には現代の私たちが見失ってしまった多くの大切なことが書かれているように感じます。

「今」が行き詰まっているからこそ、この本の中にヒントがあるのではないでしょうか。指導者の方々にはぜひ手元に置いていただきたい一冊だと思います。

近畿大学付属中学校教諭　京都逆のものさし講代表　片木真也

福岡で教員をしております。辻幸彦と申します。わたくしは、令和2年4月1日、転勤で福岡県立太宰府特別支援学校への移動が決まり、自分としては本意ではありませんでしたが、現実を受け止め、未だ会うことができない子供たちのために毎日、準備をしているところです。

教員生活を振り返ってみますと初任高校は普通高校、次に工業高校、保健体育の教員ですので、一年間ほとんど休みなく部活動指導の日々。水球部の監督として全国大会（インターハイ）にも出場させ、厳しい先生を演じていた記憶があります。

5年前より特別支援学校で聴覚に障がいを持った子供たちとの出会いの機会を頂きました。赴任当初、コミュニケーションがうまく取れず、なんと生徒から胸ぐらをつかまれ、その事態に自分の感情を抑えきれず、反撃に出ようとしたところを回りの先生方に羽交い締めにされたことを思い出します。

今、考えれば私に原因があったことは言うまでもありません。そんな折に逆のものさし講に入講したことを覚えております。本との出会いがあり、まだまだ読書量は少なく、先人の言葉を勉強していかなければなりませんが、今では「先生が担任で良かった！」と何人もの生徒から言われることが多くなり、私自身も驚いているところです。

読書によって自分自身が変容していることを感じております。そんな時、令和2年3月に行われた福岡逆のものさし講、夜の講義（居酒屋）となり、もう終わりが近づいてきた頃、清水店長から「先生、教員だったら、この本を読んだ方がいいよ！」と紹介をして頂いたのがこの本です。「昭和30年頃に書かれた本なんだけど、ほんとに良い本でこんな本が絶版になるのは勿体ないと思う。」「この本こそ再版するべき！」そのような言葉を頂いたと思います。

早速、読ませてもらい。小学校2年生の担任、知的に障がいを持ち、広汎性発達障害、自閉症スペクトラム、ダウン症、精神年齢は2〜3歳児程度の子供たちを教育できる機会を頂いたことに感謝の気持ちが現れてきました。

5月6日までの臨時休校期間で子供たちのために、たくさんの準備をしていきたいと思っています。清水店長からこの本の紹介をしていただいたことは私にとって本当に有り難いことです。

主題には『青年の…』と書かれていますが、教育に携わる方はもちろんのこと、たくさんの方に読んで頂きたい本です。


福岡県立太宰府特別支援学校教諭　辻 幸彦

著者略歴

下村 湖人（しもむら こじん）
1884年（明治17）佐賀県生まれ。小説家・社会教育家。
東京帝国大学英文科卒。大学卒業後は母校佐賀中学校教師、鹿島中学校校長等を歴任。
辞任後は講演や作家活動で社会教育に尽力する。
代表作に、青少年に多大な影響をあたえた『次郎物語』がある。

青年の思索のために

2020年 7月26日　初版第１刷発行
2021年11月24日　　　第２刷発行

著　者	下村 湖人
企画・制作協力	清水 克衛
発行者	池田 雅行
発行所	株式会社 ごま書房新社 〒102-0072 東京都千代田区飯田橋3-4-6 新都心ビル4階 TEL 03-6910-0481（代） FAX 03-6910-0482
カバーデザイン	（株）オセロ 大谷 治之
印刷・製本	精文堂印刷株式会社

2020, Printed in Japan
ISBN978-4-341-17238-1 C1095

●本書は『青年の思索のために』（昭和30年8月刊・新潮文庫）を原本として
編集、復刻版として出版したものです。